赤い鳥

6年生

赤い鳥の会：編

小峰書店

はじめに

「赤い鳥」は、有名な小説家鈴木三重吉《すずきみえきち》が、大正七年（一九一八）に始めた童話と詩の雑誌です。児童の綴方《つづりかた》（作文）や自由画、絵ばなしも募集《ぼしゅう》、指導《しどう》して、りっぱなものに仕上げました。

十八年もつづいた、この「赤い鳥」には、そのころの一流の作家や詩人が、わたしたちが生きていくために大切な心の道しるべとなる作品を、心をこめて書きました。第一流の文学者が、こぞって参加執筆《さんかしっぴつ》した、日本児童文学史に残る子どものための雑誌です。

わたしたち「赤い鳥」に関係《かんけい》の深かったものが、「赤い鳥」百九十六冊《さつ》の中から、傑作《けっさく》ばかりを選んで、六冊の本をつくりました。これはその一冊です。わたしたちは、親が一生をかけて磨《みが》いた玉を、蔵《くら》を開いて、今みなさんにお目にかけるような気持です。

赤い鳥の会

もくじ

杉浦範茂　装画
井口文秀　かっぱの話／ちゃわんの湯
小沢良吉　海と少年／Q／くまと車掌
深澤紅子　黒い人と赤いそり／沈んだ鐘／通し矢
深澤省三　実さんの胡弓／生きた絵の話／少年駅夫
渡辺三郎　生きた切符／杜子春
早川良雄　からたちの花／ランプのほやには／小松姫松
　　　　　北へ行く汽車／くらら咲くころ／夜店／風から来る鶴
杉浦範茂　ブックデザイン

赤い鳥 6年生

からたちの花

北原白秋《きたはらはくしゅう》

からたちの花が咲《さ》いたよ、
しろいしろい花が咲いたよ。

からたちのとげはいたいよ、
あおいあおい針《はり》のとげだよ。

からたちは畑《はた》のかきねよ、
いつもいつも通る道だよ。

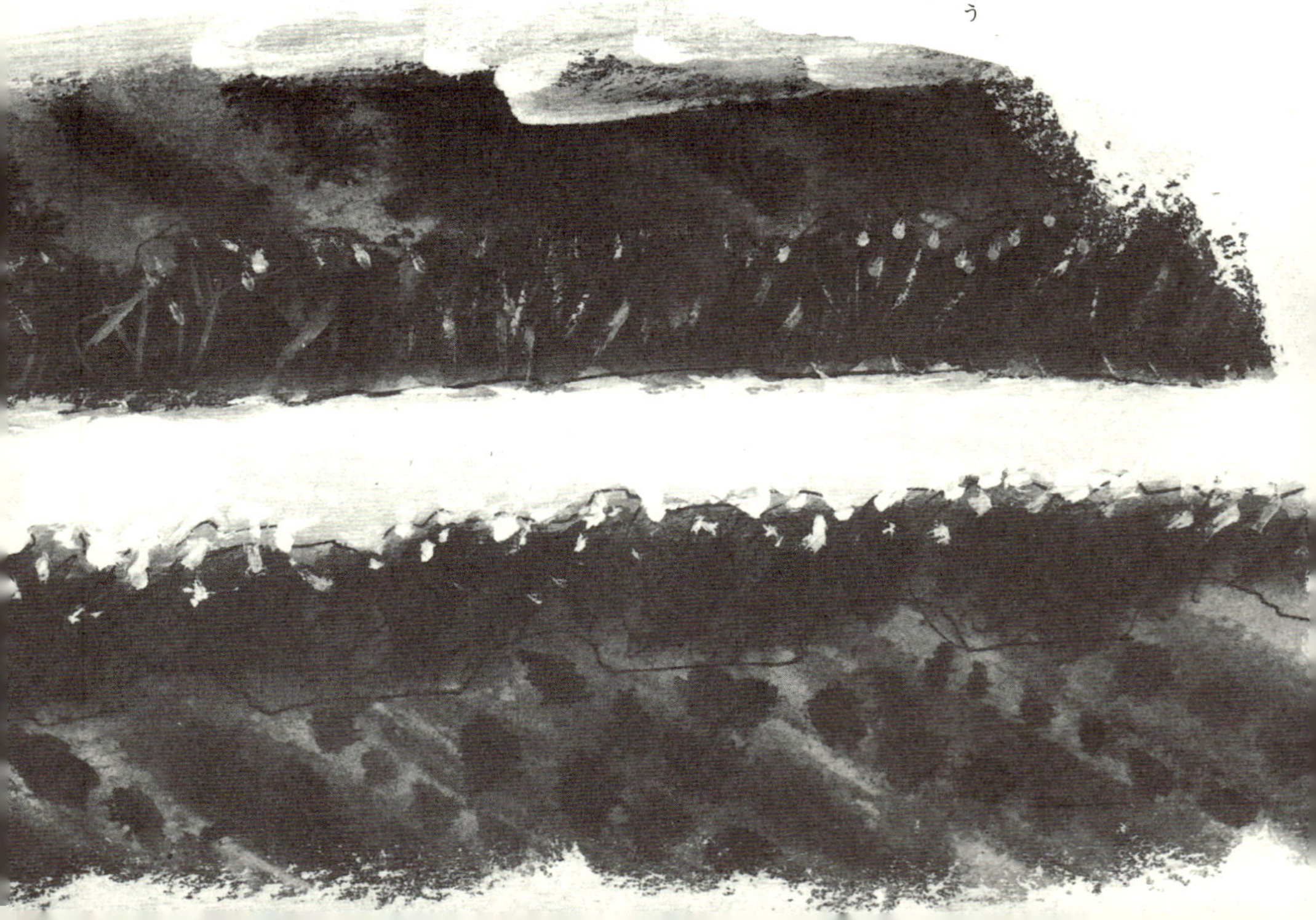

からたちも秋はみのるよ、
まろいまろい金のたまだよ。

からたちのそばで泣《な》いたよ、
みんなみんなやさしかったよ。

からたちの花が咲いたよ、
しろいしろい花が咲いたよ。

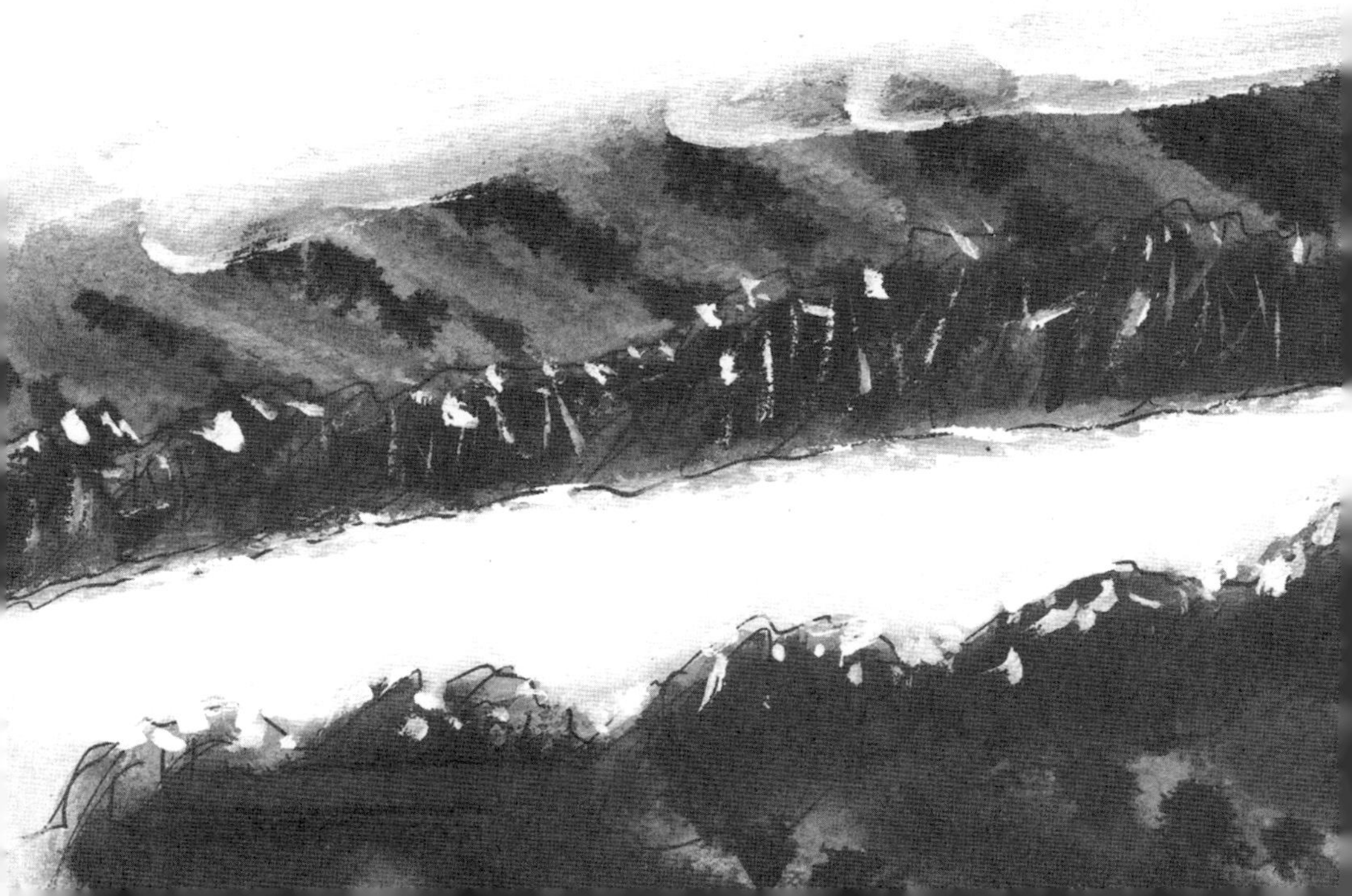

生きた切符《きっぷ》

水木《みずき》京太《きょうた》

一

トムの家はニューヨークの郊外《こうがい》にありました。ある日おとなりのおじさんがひっこしをすることになって、兄のジムとテッドが朝はやくからお手つだいにでかけるというので、八つになるトムもそのあとについておとなりへいきました。

「やあ、おそろいでよく来てくれた。」

「おじさん、ぼくたち、うんと働《はたら》いてあげるよ。」

「はは、そうか。それはありがたい。」

おじさんは大喜びでした。——おじさんは近所にある野球場のそうじ夫《ふ》だったので、運送会社からほんものの手つだい人をやとってくるほどのお金がありません。そこでこの小さな手つだい人を相手に、おばさんと二人でせっせと荷物《にもつ》かたづけにかかりました。

「おばさん、このお皿《さら》、どうするの。」

「一枚ずつ新聞紙にくるんで、このバケツの中へ入れてちょうだい。」

「よしきた。さあテッド、こわさないようにかさねるんだ。」

「これはえらい。——あとでやくそくのものをあげるからね。」

おじさんがそういうと、二人はいっそう元気づいてせいだしました。というのは、きょう手つだいにやってきたのも、じつはそのやくそくのごほうび——いつものように野球の入場券《にゆうじようけん》をもらいたいからでした。

ジムもテッドも、ほかの十三、四の子どもとおなじように野球がだいすきです。ことにグランド近くに住んでいるので、なお人一倍でした。いままでは親切なおじさんにたびたび入場券をもらいましたが、これからそれもできなくなります。——二、三日後にある大試合の切符《きつぷ》をあげるから、ひっこしの手つだいをしないかとたのまれたので、二人はさっそく家を飛びだしてきたわけでした。

そこへいくと、かわいそうなのはトムでした。おじさんの手に入れる切符《きっぷ》はいつも二枚にかぎられていたし、グランドのかこいのすきまからのぞいても、背が低いのと、人におされるのとで、これまでに一度も本式の試合を見たことがありません。こんどはお別れだから、もしかしたら、一枚よぶんの入場券《にゅうじょうけん》がありはしないだろうか。——そう思って、手つだいの人数にくわわっておとなりへやってきたのでした。

ところがそんなようすはありません。そのうえ、かえって自分がじゃまものあつかいにばかりされるのです。

「トム、ほら。あぶなく花びんを落とすところだった。」

「トム、いらないせわをやくな。——人がせっかくかたづけたのを。」

「トムちゃん、ちょっと戸口のところをどいて——トランクをだすんだから。」

「トム、あっちへいって。」

「じゃまだよ、トム。」

――トムは玄関《げんかん》につみあげられた荷物《にもつ》にもたれてしょんぼり指をくわえていなければなりませんでした。いよいよ荷づくりもすんで一休みとなったとき、おじさんはジムとテッドにそれぞれほうびに入場券《にゅうじょうけん》をくれたので、トムはなさけなくなってべそをかいてしまいました。

そこで、おばさんはかわいそうになって、おくの部屋からなにかをかかえてきてトムにさしだしました。

「トムちゃんには切符《きっぷ》があげられなくてお気のどくねえ。でも、おじさんは、二枚きりかもらってこられないんだから。――どう、おまえさんにこれをあげようか。せんから、ねこがすきだったわね。」

ジムとテッドは、ひやかし半分そばで手をたたいてわらいました。

「はは、切符のかわりに、ねこか。」

「はは、こりゃいい、生きた切符だ。」

しかしトムには、野球が見られないから、なおさらほかの楽しみが入り用でした。兄たちがいじわるくはやしたてても手をひっこめません。

「ありがとう。」すぐに大きいねこを受けとって、ふさふさした毛をなでました。「いいねこね、おばさん。なんてきれいな毛だろう。——それにおもしろい色気《いろけ》をしているのね。おばさん、ありがとう。」

トムは自分のすきな動物をわがものにした喜びとほこりを感じて、むねにだきあげてほっぺたをすりつけました。ねこも小さい主人の愛撫《あいぶ》にまんぞくして、目を細めて、ごろごろのどをならしはじめました。

そのありさまを見ると、二人の兄もきゅうにうらやましくなりました。——トムがだくと腕《うで》やむねからはみでるほどの大きいねこで、オレンジと黒のしまが背をそめてじつに美しい毛なみをしていました。

「うん、オレンジに黒——こりゃプリンストンだ。」ジムは目をまるくしてとつぜんさけびました。

「トム、これ、ぼくにおくれよ。」

入場券《にゅうじょうけん》という宝物《たからもの》を持っているほかに、こんどはねこまでほしがるジムにたいして、テッドは自分とのつりあいじょうだまっていられません。

「トム、だれにもやるんじゃないよ。——おばさんからもらっただいじなねこだ。人になんかやってはいけないよ。」

「やるもんか。」トムはそれだけいって、顔をそむけてあらためてねこをだきしめました。

二

二、三日のあいだというもの、トムはまるでうちょうてんの喜びでした。きれいなおとなしいねこが自分となかよしになって、起きると寝《ね》るまでいっしょに遊んでくれるので、切符《きっぷ》のことも、べそをかいたこともすっかりわすれてしまいました。

しかし試合の当日がくると、トムはまったくみじめな立場になりました。――ジムとテッドは朝ご飯《はん》もそこそこに、よそゆきに着かえたりくつをみがきたてたりして大はしゃぎにはしゃいでかけだすように家をでていきました。しかし自分はねこをだいているだけで、そんなに楽しみにしてでかけるところがないのでした。――トムは切符をもらうことのできなかったのをまたなさけなく思い出すばかりでした。

それにおもてのほうを見ると人通りがはげしく、みんながゆかいそうな顔をして、グランドのほうへ歩いていくではありませんか。世界中で一番おもしろいことが、あのグランドのうちでおこなわれるような気がしてなりません。ねこと遊ぶことなんか、それにくらべたら、まるでつまらないように思われて、とても、家にじっとしていられません。――トムはねこをだいたまま、思わずグランドのほうへひきよせられていきました。

人ごみにまじって入り口のところまで来ましたが、切符《きっぷ》を持っていないのでぐずぐずしているうちに横のほうにはみだされてしまいました。トムはグランドのかこいの下に立って、入り口へおしよせる群集《ぐんしゅう》を、ただぼんやりながめていました。――市中からやってくる電車や自動車は、通りいっぱいに人をあふれさせ、その人波はまえの広場でいったんよどんで、それからずらりとならんだ改札口《かいさつぐち》のどれかを通ってかこいの中へすわれていく。――しかもその人たちはみんなめいめい一枚ずつ入場券《にゅうじょうけん》を持っているのでした。

何万人の人が一人のこらず切符を持っていることを思うと、トムはそれがないので、グランドへはいれない身の上がいまさらなさけなくなりました。ひろいニューヨーク中の人がみんな切符を持っているのに、自分だけがのけものにされたようで、たまらなくさびしくなりました。

グランドの中からは、もうバットのひびきなどが聞こえ、それにつれてはくしゅやさけび声があらしのように起こります。――トムはいても立ってもいられない気持でした。かこいのすきまをもとめて目をあてても、場内にいっぱいつまった見物人の姿が、ただまっ黒になって見えるばかりでした。

「おまえならあの上へのぼれるだろうが――。」トムはむねにだいたねこをかえりみてから、高いかこいをあおいで嘆息《たんそく》しました。「ぼくものぼっていけるといいがなあ。」

そうしているうちに、いよいよ試合の時刻《じこく》が近づいたとみえて広場の群集《ぐんしゅう》もみんなグランドのうちへはいっていって、中ではひとしきりはくしゅや口ぶえのさわぎが高くなりました。

「これから、この中では、このうえもないゆかいなおもしろいことがはじまるんだ。」

それをかこい一重《ひとえ》のそとで、じっとこらえて立っているのはなによりもつらいことにちがいありません。そこに気がついてトムは思いきって家へかえりかけました。――そのときです。

わあという陽気なさけび声を乗せた自動車が五、六台大通りを走ってきて、トムの目のまえで――広場のまんなかでとまりました。乗っていたのは二、三十人のわかい紳士《しんし》たちでした。気がつくと、てんでに持っている旗《はた》にも、自動車になびく旗にもそろってオレンジと黒とのしまがそめられているではありませんか。

「オレンジに黒――こりゃプリンストンだ。」

トムはジムがねこの毛色を見てそういったことを思い出して、ふしぎそうに自動車を見ていました。すると、われがちにおり立った紳士《しんし》の一人が、トムに気がつくと、やにわに大声でさけびだしたのです。

「諸君《しょくん》諸君、戦いは勝ったぞ。」

「どうした、どうした。」他の人がいっせいにふりむきました。

「あのねこを見たまえ。」トムをさしてさけびつづけました。

「どうだ、オレンジに黒だ。いい前兆《ぜんちょう》じゃないか。勝利はわれらのものだ。」

「こりゃ、えんぎがいい。」

「なによりの福の神だ。」

「ありがたいマスコットだ。」

「このねこをつれていこう。」一人はすすんでトムに手をだして「きみ、きょうそれをかしてくれたまえ。」

どやどや大勢の大人にかこまれ、しかもだいじなねこを取られそうなので、トムは泣《な》きだしそうな顔で、身をもってねこをかばいました。

「はは、きゅうにそんなことをいったってむりだよ。」一人がそれをさえぎって、おだやかにトムにいいました。「きみ、いい子だからそのねこを、おじさんにゆずってくれないかい。お金はいくらでもあげるよ。どうだい。」

トムはなんのことやらわかりません。目を白黒してまわりの人を見まわしました。――このねこを買ってこのおじさんたちはなにをするのだろう。

「ね、きみ、売ってくれたまえ。いいだろう。――さあ大いそぎだ。もう試合がはじまる。」気のはやい一人は、さいふをだすためにポケットへ手をつっこみました。

「だって、だって――おじさんたち、このねこどうするの。」トムは心配そうに、はじめて口を開きました。

「やあ心配なんかしなくてもいい。ねこをいじめなどはしないよ。ただね、グランドへつれていけばいいんだ。」

「なぜねこを――。」

「オレンジに黒だ。――ごらん、わがプリンストン大学の旗《はた》の色だ。」

「ああそうか。」トムはわらっていいました。

「そんならいいや。――でも、ぼくもつれていってくれるだろうね。」

「つれていくとも。――さあ大いそぎだ。」

みんなはマスコットを手に入れた喜びで大《だい》きげんでした。もう旗をふって口ぐちにさいさきのいい戦いをいわいあいました。

「フレー、フレー、プリンストン。」

三

――グランドへはいったトムが、どんなにうれしかったかはだれにも想像《そうぞう》できましょう。大きいねこをだいた八つの子どもは、何万人の人がいる見物席ではなく、選手のかけるベンチでいばって見物することができました。トムがはじめて本式の試合を見てどんなにゆかいだったか、それもいうまでもないことでしょう。自分とねことが見物席の四方から注目の的になっているのにも気がつかず、トムはむちゅうになって顔をほてらし目をかがやかし試合のおもしろさによいました。あまり力をいれるので、だいたねこが苦しくなって、にゃあにゃあなきだすほどでした。

――そして試合はプリンストン大学のみごとな勝利になりました。

この日からねこはプリンストン大学のマスコットにされ、したがって小さい主人は、いつも選手のベンチのお客さまでした。そしてトム自身もマスコットであるように、みんなにかわいがられながら、すきな野球を楽しむことができました。

おばさんからもらったねこはたしかに生きた切符《きっぷ》でした。それもこの上のない特等席《とくとうせき》の切符だったのです。

（おわり）

黒い人と赤いそり

小《お》川《がわ》未《み》明《めい》

はるか北のほうの国にあったふしぎな話であります。

ある日のこと、その国の男の人たちが氷《こおり》の上で、なにかして働《はたら》いていました。冬になると海の上までが一面に氷で張《は》りつめられたのでありました。だからどんなに寒いかということも想《そう》像《ぞう》されるのです。

夜になると地球の北のはてでありまして、空までが頭の上に近くせまって見えて、星の光までが、ほかのところから見るよりは、ずっと光も強く、大きく見えるのでありました。その星の光が寒い晩《ばん》にはこおって、青い空の下に、いくすじかの細い銀のぼうのように、にじんでいるのが見られたのです。木立《こだち》は音をたてて凍《ひ》われますし海の水はいつのまにか動かなくとぎすました鉄のようにこおってしまったのであります。

そんなに、寒い国でありましたから、みんなは、黒いけものの毛皮《けがわ》を着て、働《はたら》いていました。そのとき、海の上は、くもって、あちらは灰色《はいいろ》にどんよりとしていました。

すると、たちまち足もとのあつい氷が二つにわれました。こんなことは、めったにあるものではありません。みんなは、たまげた顔つきをして、足もとを見つめていますと、そのわれ目は、ますます深く、暗く、見るまに口が大きくなりました。

「あれ。」と、沖《おき》のほうにのこされていた三人のものは声をあげましたが、もはやおよびがつかなかったのです。そのわれ目は、飛びこすことも、また橋をわたすこともできないほどへだたりができて、しかも急流におし流されるように、沖のほうへだんだん走っていってしまったのであります。

三人は、手をあげて、声をかぎりにさけんで、救《すく》いをもとめました。陸《おか》のほうに近い氷の上に立っている大勢の人びとは、ただそれを見おくるばかりで、どうすることもできませんでした。

たがいにわけのわからぬことをいって、まごまごしているばかりです。そのうちに、三人を乗せた氷は灰色《はいいろ》にかすんだ沖《おき》のほうへ、ぐんぐん流されていってしまいました。みんなは、ぼんやりと沖のほうをむいているばかりで、どうすることもできません。そのうちに、三人の姿は、ついに見えなくなってしまいました。

あとで、みんなは大さわぎをしました。氷がとつぜん二つにわれて、しかもそれが、矢《や》を射《い》るように、沖のほうへ流れていってしまうということは、めったにあるものでない。こんなふしぎなことは、見たことがない。それにしても、あの氷といっしょに流されてどこかへいってしまった三人を、どうしたらいいものだろうと話しあいました。

「いまさらどうしようもない。この冬の海に船をだされるものでなし、あとをおうこともできないではないか。」と、あるものは、絶望《ぜつぼう》をしていいました。

みんなは、うなずきました。

「ほんとうにしかたがないことだ。」と、いいました。しかし、五人のものだけが頭をふりました。

「このままなかまを見殺《みごろ》しにすることができるものでない。どんなことをしても救《すく》わなければならない。」

と、それらの人びとはいいました。

するとと大勢《おおぜい》の中から、あるものは、

「こんどのことは、この国があってから、はじめてのことだ。人間わざでどうすることもできないことなのだ。」と、いったものがありました。

なるほど、そのものがいうとおりだと思ったのでしょう。みんなは、だまって聞いていました。

「みんながいかなければ、おれたち五人のものがたすけにいく。」と、五人はさけびました。

ちょうど、この国には、赤いそりが五つありました。このそりは、なにかことの起こったときに、犬にひかせて氷の上を走らせるのでした。

夜のうちに、五人のものは、用意にとりかかりました。食べるものや着るものや、そのほか入り用のものをそりの中につみこみました。そして夜の明けるのを待っていました。その夜は、いつにない寒い夜でしたが、夜が明けはなれると、いつのまにか、海の上にはきのうのように、一面氷が張りつめて光っていたのです。

五人のものは、それぞれ赤いそりに乗りました。そして二三びきずつの犬が一つのそりをひくのでした。

きのうゆくえ不明になった三人のものの家族や、たくさんの群集《ぐんしゅう》が、五つの赤いそりのそうさくにでかけるのを見おくりました。

「うまくさがしてきてくれ。」と、見おくる人びとがいいました。

「北のはしのはしまでさがしてくる。」と、五人の男たちはさけびました。

いよいよ別れをつげて、五つの赤いそりは、氷の上を走りだしました。沖《おき》のほうを見やると灰色《はいいろ》にかすんでいました。ちょうどきのうとおなじような景色《けしき》であったのです。みんなのもののむねの中には、いい知れぬ不安がありました。そのうちに、赤いそりは、だんだん沖のほうへ小さく、小さくなって、しまいには、赤い点のようになって、いつしか、それすらまったくかすんでしまって、見えなくなったのであります。

「どうかぶじにかえってくれればいいが。」と、みんなは口ぐちにいいました。そして、ちりぢりばらばらに、めいめいの家へかえってしまいました。

すると、その日の昼すぎから、沖のほうはあれて、ひじょうな吹雪《ふぶき》になりました。夜になると、ますます風がつのって、沖《おき》のほうにあたってあやしい海鳴《うみな》りの音などが聞こえたのであります。

そのあくる日も、また、ひどい吹雪《ふぶき》でありました。五つの赤いそりが出発してから、三日目に、やっと空は、からりと明るく晴れました。

三人のゆくえや、それを救《すく》いにでた五つの赤いそりの消息《しょうそく》を気づかって、人びとはみんな海辺に集まりました。もとより海の上は、鏡《かがみ》のようにこおって、めずらしくでた日のかがやきを受けて光っています。

「ひどいあれでしたな。」

「それにつけて、あの三人と、五つのそりの人たちは、どうなりましたことでしょうか、心配でなりません。」

群集《ぐんしゅう》は、口ぐちにそんなことをいいました。

「五日分の食物を用意していったそうです。」

「そうすれば、あと二日しかないはずだ。」

「それまでにかえってくるでしょうか。」

「なんともいえませんが、待たなければなりません。」

と、みんなは、気づかわしげに、沖《おき》のほうを見ながらいっていました。

沖のほうは、ただ、ぼんやりと氷の上が光っているほか、なんの影《かげ》も見えなかったのです。

とうとう、赤いそりがでてから、五日目になりました。みんなは、きょうこそかえってくるものと、沖のほうをながめていました。

その日も、やがて暮《く》れましたけれど、ついに、赤いそりの姿は見えませんでした。

六日目にも、みんなは、海岸に立って、沖のほうをながめていました。

「きょうは、もどってくるだろう。」

「きょうかえってこないと、五つのそりにもかわりがあったのだぞ。」

みんなは、口ぐちにいっていました。

しかも六日目もかえってきませんでした。そして、七日目も、八日目も……ついにかえってきませんでした。

「さがしにいったがいいものだろうか、どうだろう……。」

みんなは、顔を見あっていいました。

「だれが、こんどはさがしにいくか。」と、あるものはいいました。

みんなは、たがいに顔を見あいました。けれど一人として、自分がいくという勇気《ゆうき》のあるものはありませんでした。

「くじをひいてきめることにしようか。」とある男はいいました。

「おれはおそろしくていやだ。」

「おれも、いくのはいやだ。」

「………。」

みんなは、あとじさりをしました。それで、ついに救《すく》いにでかけるものはありませんでした。

みんなは口ぐちにこういいました。

「これは災難《さいなん》というものだ。人間わざでは、どうすることもできないことだ。」

かれらは、そういって、あきらめていたのであります。

それからいく年もたってからです。

ある春の日のこと漁師《りょうし》たちがいくそうかの小舟《こぶね》に乗って沖《おき》へでていました。まっ青な北海の水色は、ちょうど藍《あい》を流したように、冷たくて、美しかったのであります。

いそべには、岩にぶつかって波がみごとにくだけては、水銀の球を飛ばすようにちっていました。

漁師たちは歌をうたいながら、櫓《ろ》をこいだり網《あみ》を投げたりしていますと、きゅうに、雲が日のおもてをさえぎったように、光をかげらしました。

みんなはふしぎに思って、顔をあげて、空を見あげようとしますと、まっ青な海のおもてに、三つの黒い人間の影《かげ》が、ぼんやりとうかんでいるのが見えたのです。その三つの黒い人間の影には足がありませんでした。

足のあるところは、青い青い海の、うねりうねりの波の上になっていて、ただ黒坊主《くろぼうず》のように、三つの影はぼんやりと空間にうかんで見えたのであります。

これを見たみんなの体は、きゅうにぞっとして身の毛がよだちました。

「いつかゆくえのわからなくなった、三人のぼうれいであろう。」

と、みんなは、心で別べつに思いました。

「きょうは、いやなものを見た。さあ、まちがいのないうちに陸《おか》へかえろう。」

と、みんなはいいました。そして、陸にむかって、いそいで舟《ふね》をかえしました。

しかしふしぎなことに、まだ陸にむかっていくらも舟をかえさないうちに、どの舟もなんの故障《こしょう》もないのにしぜんに海にのみこまれるように、音もなくしずんでしまいました。


これはまた、寒い冬の日のことです。海の上は、あいかわらず、銀のようにこおっていました。そして、見わたすかぎり、なんの影《かげ》も目にとまるものとてはありませんでした。

よく晴れた、寒い日のことで、太陽は、赤く地平線にしずみかかっていました。するとたちまち、その遠い、寂寥《せきりょう》の地平線にあたって、五つの赤いそりが、おなじほどにたがいにへだてをおいてぎょうぎよく、しかもすみやかに、真一文字《まいちもんじ》に地平線のかなたをさえぎっていく姿を見ました。

このとき、それを見た人びとは、だれでも声をあげておどろかぬものはなかったのです。

「あれは、いつか三人をそうさくにでた、五人の乗っていった赤いそりじゃないか。」と、それを見た人びとはいったのです。

「ああ、この国に、なにかわるいことがなければいいが。」

と、みんなはいいました。

「あのとき、あの五人のものを救《すく》いに、だれもいかなかったじゃないか。」

「そして、あのあと、なにもお祭りとてしなかったじゃないか。」

みんなは、ゆくえのわからなくなった、なかまにたいして、つくさなかったことがわるいと、はじめて後悔《こうかい》しました。


この国に来た人は、黒い人と赤いそりの話を、ふしぎな事実として、だれでも聞かされるでありましょう。

（おわり）

ランプのほやには

――柴野《しばの》民三《たみぞう》

ランプのほやには風がある、
いっぱい花が咲《さ》いている。

花のそばには小さい子、
靴下《くつした》はかずにしゃがんでる。

ランプのほやには月が出る、
月夜のちょうちょうが飛んでいる。
ちょうちょうのそばには青い風、
ひやひやしながら遊んでる。

実《みのる》さんの胡弓《こきゅう》

佐藤春夫《さとうはるお》

実《みのる》さんの一族《ぞく》は、わたしの母方《ははかた》の遠いしんせきにあたっている。実さんのお父さんは事業《じぎょう》に失敗《しっぱい》してからは、わたしの父をたよって海をわたってきた。そうしてわたしの父の病院の会計をしていた。

ところが、実さん兄弟——それは実さんとそのねえさんと、それに弟が二人の四人兄弟だが——は、よくよくふしあわせな運命であったとみえて、お母さんがとつぜんなくなるとまもなくお父さんもなくなった。こうなってみるとほかにたよるところもないので四人の兄弟はみんなそろってわたしの父にひきとられた。

実《みのる》さんが十五、六になったときであった――わたしはまだ七つかそこらだったろう。実さんはアメリカへいくのだといいだした。そのころ、わたしの郷里《きょうり》のほうでは渡米熱《とべいねつ》がさかんで、みんなそこへでかせぎにいったものだ。たぶんいまでもわたしの郷里の地方は、アメリカに労働《ろうどう》している日本人の数では日本で一、二をあらそうぐらい大勢《おおぜい》いるだろう。実さんがアメリカへいくといいだしたときにはわたしの家ではみんなして、まだ子どもの実さんがそんな遠いところへいくのをとめてみたが、実さんはどうしても聞かなかった。そのときのことをわたしの母はそのごになってわたしによくいった――「あの子だって、そんな遠いところへこのんでいきたくはなかったにきまっている。ただ親がなくなって兄弟四人もよその家でせわにならなければならないのがいやだったのだろう。それにくらべるとおまえなどしあわせなものだ。」

実さんは、わたしの父の洋服の古いのをもらってしたてなおしたりなどして、出発の日にはみんなして見おくった。みんなは町はずれの実さんのお父さんのお墓《はか》があるところまで見おくった。あれはたしか春、でなかったら秋であったろう。わたしは道ばたの草の花をつみつみんなにおくれて歩いていたことをわすれずにいる。

実《みの》さんはアメリカへついたといってむこうからお菓子《かし》をおくってくれた。銀紙《ぎんがみ》にくるんだ黒いもので、たべてみると中は白く、みんなはいやにあまったるいばかりでまずいものだといった――それはチョコレートクリームだった。なにしろもう二十五年もまえのことだし、いなかではだれも見たことも聞いたこともなかったのだ。それはそれとして、実さんのこの旅は、思えばはじめからふしあわせであった。

わたしの父は、実さんに神戸《こうべ》から船に乗るようにすすめた。神戸からならば道づれもあったのだ。けれども実さんは、アメリカへいくまえに東京《とうきょう》でも見たかったのかわざわざ横浜《よこはま》から船に乗った。あいにくなことには、そのすぐあとに横浜ではコレラが流行しだした。実さんの船がサンフランシスコへついたときには、神戸から乗った人たちはすぐ上陸をゆるされたけれど、横浜から乗った人だけはたしか二月《ふたつき》近くも船の中にとめておかれた。実さんもアメリカの市街《しがい》を目のまえに見ながら上陸はさせてもらえなかったなかまであった。

わたしの母方の祖母がやっぱりわたしの父の家にいた。その人はもうそのとき七十ぐらいだったであろう。おばあさんはわたしがその部屋へ遊びにいくとよくいろいろなことをたずねる。

耳が遠いのでみんなはあまりよく話相手にならないが、わたしはおばあさんがきらいではなかった。おばあさんはわたしを親切な子だとそのごも生きているあいだはずっとそういってくれたが、それはわたしがそのころいやがらずにおばあさんの話相手になったからであろう。おばあさんはよく思いもよらないことを聞くのだ。ときどきこんなことをいった。

「世界というものはまるいものだそうだがほんとうか」とか「それはだれが見たのだ」とか、「それなら、アメリカはあちらかこちらか」といって指をさしてたずねたり、わたしにもよくわからないようなことを聞くので、わたしはこまった。

おばあさんはよくアメリカの話をしたが、それには理由がある。というのはこのおばあさんの長男――つまりわたしの母の兄で、わたしにはおじさんにあたる人――の家内《かない》の兄がやっぱり医者をしてアメリカにいた。それに実さんもアメリカにいた。自分の身よりが二人まで住んでいるアメリカというところのことをおばあさんは知りたかったのだ。それにしても、あんな年よりが地球がまるいなどということをどこで聞きこんだものかと、わたしはいまでもみょうに思う。

アメリカにわたった実《みのる》さんは、そこで皿洗《さらあら》いをしたりぶどうとりをしたりして金をもうけては勉強しているということであった。なんでも夏休みのときだけ仕事をせいいっぱいして、ほかのときには学校へいくのだそうだ。そうたびたびではなかったかもしれないが、それでもときどきたよりがあったので実さんのアメリカでのようすをわたしたちも想像《そうぞう》することができた。わたしの母は、「あの子は感心だ」と、そんなことをよくいっていた。

実さんがアメリカへわたってから、五、六年ほどたった……。

ある日、たしか年の暮《く》れに近かった。家中のものが茶の間で火ばちをかこんで、アメリカから来た手紙を見てたいへん心配した。わたしももう十三ぐらいになっていたのでみんなの心配がよくわかった。ひさしぶりで実さんからたよりがあったほかに、れいの母のあによめの兄であるアメリカにいる人からも手紙があって、それを見ると実さんはアメリカで病気になったのだと書いてあるそうだ。肺病《はいびょう》で、それもよほどわるくなっていて、日本へかえるのだけれども旅費《りょひ》もたりないほどだそうだ。それでも親切な人たちが旅費ぐらいは一時《じ》どうにかしてくれるとも書いてあるそうだ。

その心配な手紙より一月半ほどのちになって実《みのる》さんはかえった。朝の十時ごろであったが、学校が休みであったとみえてわたしはうちにいた。庭で遊んでいると、たけの長いがいとうを着た大きな人が手に中《ちゆう》くらいの大きさのカバンをさげて庭のほうへどんどんはいってきた。実さんだなと思った。実さんはわらってみせたが、それが外国人のような笑顔《えがお》であった。母は実さんを見て「思ったよりも血色《けつしよく》がいい。」といった。でも、そのあとで父は実さんの体をよく見たときに、実さんにないしょでみんなにいった。「ああこまったことだ。もうよほどわるい。」

実さんはひとまずうちのはなれにおくことにした。

「うつる病気だから子どもたちには気をつけなければいけない。」とわたしたち兄弟はいいつけられた。

実さんの荷物というのはあのあまり大きくもないカバン一つであった。でも実さんはわたしたちにみやげをくれた。それはパイナップルのかんづめの箱《はこ》で、きっとホノルルで買ったのだろうといま思う。かんは十二あったが、そのうちの一つが、ぽこんとふくれあがっていた。

父は「そりゃくさっている。」といった。わたしがそれをものずきに開けてみたらたいへんくさいにおいがした。それだのに中はからっぽだった。父はその中をなにかでかきまわしていたがとつぜんさけんだ。――「や。こりゃたいへんだ。指がはいっている。」

見ると、ほんとうに人間の指がはいっていた。工場で機械《きかい》のためにまちがってけがをした人の指がはいってしまったのであろうと父はわたしに説明をしてくれた。――実《みのる》さんのことを考えると、きっとあのきみのわるい指のかんづめのことも思い出す。どんな人の指であろう、わざわざ日本まで来てわたしの家の空地《あきち》のすみへうずめられたのは。

かんづめといえば、実さんの胡弓《こきゅう》だ。

実さんはみょうな胡弓を持っていた。それはかんづめのかんを上も底もくりぬいてしまって、その上を油のしみた書学紙《しょがくし》ではり、竹のさおをすげて、糸ははりがねでできていた。

みんなはわたしが実さんのいるところへ遊びにいくことを喜ばなかった。けれどわたしは実さんからアメリカの話を聞きたかった。アメリカの市街《しがい》の話や、子どもが学校で演説《えんぜつ》のけいこをすることや、実さんも十七にもなって八つぐらいの子どもといっしょにアメリカの学校へい

ったことや、それからカリホルニヤのぶどう畑のことや、実《みのる》さんは、そんな話をわたしに聞かしてくれていたが、きゅうにだまってしまったと思うと、あのカバンの中からとりだしたのが、その手細工《てざいく》の胡弓《こきゅう》であった。

　実さんはねっしんにひとりでそれをひきだした。わたしにはなんの歌だかわからなかった。実さんはわたしがそばにいることをちょっとわすれていたようすであったが、思い出したように胡弓をやめていった……。

「ね。自分でこしらえたのだよ。この竹はわざわざ人にたのんで日本からおくってもらったのだよ。アメリカには竹がないのだからね。」

そんなことをいっただけで、またねっしんに胡弓《こきゅう》をひきだした……。

実《みのる》さんはいつもよく、胡弓をひいていた。わたしが遊びにいっても、ちょっとわらってみせるだけで、あまりいろいろな話もしてくれないで胡弓をもてあそんでいた。それにわたしがあまりときどき実さんのところへいくのでとうとうしかられた。わたしはそののちは実さんのいるはなれにはいけなくなった。そうして遠いはなれから実さんの胡弓がもれてくることに気がつきながらわたしはひとりでひなたぼっこをしていた……。

そのご二、三年して実さんは死んだ。たぶん二十六、七であったろう。いまいたらもう四十になっているであろう。

（おわり）

かっぱの話

坪田《つぼた》譲治《じょうじ》

晩《ばん》のご飯《はん》がすむと、あとのお茶をのみながら、おじいさんはうれしそうになんだか考えこんでおりました。おじいさんはじつはきょうも話がしたかったのです。子どもらもおじいさんのその顔を待っていました。だからご飯がすんでも、三人ともおじいさんのそばでおとなしくすわっていました。

「おじいさん、話は――。」

おじいさんは子どもらにこうさいそくされるのがじつはすきでした。話したくても、それまではいつもゆっくりお茶をのんでいました。

「はやくしてちょうだい。」

つぎの弟の善太《ぜんた》はせっかちでした。だからすわっていてもおちつかないで、ピョンピョン飛ぶようなかっこうをしておりました。

「じゃあ一つするかな。」

おじいさんは飲《の》んでしまったお茶のちゃわんを下におきました。

「うん、長いながいの。」

「長いの――。」

「そう、ナカイナカイの。」

末《すえ》の弟の三平《さんぺい》までがまわらぬ舌《した》でまねをしてよちよちおじいさんのひざの上に腰《こし》をおろしにいきました。

「ところでと――。」

おじいさんが話しはじめました。

「どんな話――。」

「おじいさんの小さいときのこと。」

「じゃ、かっぱの話でもするかな。」

「うん、かっぱの話――。」

「じゃね、おじいさんの小さいころ、おじいさんのお家《うち》はいなかのいなかの、草のたいへんにしげった村にありました。」

「どんなにしげってた。」

「それはもう人の背《せい》だってうまるくらい、それにお家の屋根《やね》の上にだって、ぼうぼう草がしげっていた。」

「ふーん、ふかい草だねえ。」

子どもらはかわるがわる感心したりたずねたりいたしました。

「ところで、その村は大きな野原の中にあって野原には田んぼがつづいていた。田んぼには川が流れていた。」

「どんな川、大きい、小さい――。」

「それは小さいのもあれば、大きいのもあり、いくつもいくつも流れていた。川のふちにはたいていいやなぎがしげっていて、遠くから見れば、水は見えなくとも、うねうねやなぎがつづいているので、川のあるということがわかったくらいだ。そしてその川には水草がたいへんにしげっていて、白い花や黄色い花がさきそろうていた。その水草の中をたくさんの魚が泳《およ》いでいた。それから、その野原には、ところどころに丘《おか》があって丘にはたいてい一本の大きな年とった木がいっぱいにしげった草の中に立っていた。またそこには小鳥がたくさん飛んでいた。春から夏のはじめその丘から雨のあとなど大きなにじが立ったりした。ところで、おじいさんは小さいころ、魚をとるのがすきだった。」

「そのじぶん、おじいさん、汽車あった――。」

「うん、そう汽車はもうあったよ。明治のはじめのころだからな。だけどまだできたばかりで、おじいさんの村の近くをひとすじ――ひとすじだけだよ。いまの汽車は複線《ふくせん》といって、たいていどこでも上《のぼ》りと下《くだ》りの二つの鉄道がついている。だけど、そのころおじいさんのいなかを通っていた鉄道はたったひとすじだけ、それに村の近くを汽車が通っていたというきりで、おじいさんなんか十五になるまで、それに乗ったことはなかった。」

「なぜ――乗ればいいじゃないか。」

「それがおまえ――いまとちがって停《てい》車場《しゃば》が近くになかった。停車場のある町までいくには、どうしても一日歩かねばならなかった。だが汽車というものがおそろしいいきおいで煙をはいて通っていくのを、おじいさんなんか、小さいころは、ながめているきりだったが、乗らないで見てばかりいると、汽車はとてもおそろしいものなんだ。おばけなんかより、もっともっとおそろしかった。それに通るたって、一日に二度か三度しか通らなかった。」

「ふーん。」

「ところで、おじいさんは小さいとき、魚をとるのがすきだった。ね、であるときつりざおをもって、田んぼの川へつりにでかけた。線路の鉄橋《てっきょう》の下にそれはいいつり場があった。その川は流れがゆるいせいか、やなぎや水草に水がかくれているところが多かったのだが、鉄橋の下のところでちょうど畳《たたみ》三畳《じょう》くらいのところが鏡《かがみ》のように草のあいだから水がのぞいていた。そこで天気のいい日には、いつでも魚がはねていた。フナやハヤ、ときにはエビやナマズなどが、とてもうれしそうに水の上にはねおどっていた。おじいさんはそこは魚の遊び場だろうかと思って、そのはねるのがおもしろくて、一人でいつもでかけていった。草ややなぎの葉かげからそっとつりざおをつきだして、息をひそめて水の上を見ていると、フナは短いからだをまんまるくなるほどまげてはねあがるし、ナマズはヒゲを口の両側《りょうがわ》に長くたらしてすうーと水の上に

ういてくる。エビはまたとてもいそがしく何度もなんどもはねかえす。その音がピチピチピチピチとして、水が四方《ほう》に飛びちるよ。だけど、いっとう高く飛んで、上からたれているやなぎの葉にとどくようにはねあがるのは、なんといってもハヤという魚だ。ときにはやなぎの枝にひっかかることさえあるものね。」
「おじいさん、そのときあみを持ってて、下でうけてればいいじゃないか。」
「うん、それはいいが、まあ、お聞き。そこでおじいさんがかっぱにあった話なんだよ。で、あるときいつものようにおじいさんは魚のはねるのをながめてつりをしていたんだ。ところがどこからきたのか、鉄道をおじいさんのほうへやってくるものがあったんだ。線路工夫《せんろこうふ》か、それとも、そのへんのお百姓《ひゃくしょう》かと思っておじいさんははじめちっとも気にとめなかった。なんだかぼうしのようなものをかぶっていたようだったからね。だからそのほうをべつに見もしないで、ピクピク動くウキに気をとられていた。と、その男はズンズン鉄橋《てっきょう》をわたってこちらにやってきて、だまって鉄橋のまんなかのレールの上に腰《こし》をおろしてしまった。そして足を水の上にぶらさげた。そのときでもまだおじいさんは工夫《こうふ》か百姓のように思っていた。そのうちおじいさんはそのぶらさがった足に気がつくと、もうその男のほうが見られなくなってしまったんだ。その足は、人間の足じゃないんだ。つめがするどくのびていてね、水にぬれた毛がはえていた。またね、おじいさんに見るともなく見えるその顔が人間の顔じゃないらしいんだ。はすの葉っぱをかぶっている頭から長い毛がのぞいているし、まんまるい目もそのあいだからのぞいている。おじいさんはもうどうもできなくなってしまった。」

「どうしたの、それから。」

正太《しょうた》も善太《ぜんた》もここでひざを乗りだして聞きました。

「ウキが動いても、風がふいても、おじいさんは、ただ水の上ばかりを見つめていたよ。じっさいそのあいだにさおもあげないのに一ぴきフナがかかっていて、しきりにウキをひきこんでいた。それにまた何度もなんども風がふいてきて、やなぎの葉がおじいさんの顔をなでた。それからまた午後のことだから、日がしきりに照《て》っていた。それでもおじいさんは動けなかった。ところがそのときちょうど線路のレールがピキンピキンなりだした。汽車がやってきたのだ。おじいさんは、ほっとした。汽車がくれば、そいつ、どこかへにげてしまうと思ったから。そのうち汽車はだんだん近づいて、おじいさんは機関車の頭が、むこうの草のあいだから見るみる大きくなってやってくるのを見たのだが、それでもそいつは、やはり鉄橋《てっきょう》の上から水の中をのぞきこんでいた。それもちょっとのことで、すぐ汽車は鉄橋の上をゴーッとはげしいいきおいで通っていった。が、ひかれるだろうと思ったその男は、汽車の通るうちは影《かげ》も姿も見えなかった。それなのに汽車が通ってしまって、鉄橋の上が明るくなると、もうそこにちゃんと、水をのぞいているもとのままで腰《こし》をかけていた。おじいさんはこわいのもわすれて、そいつをじっとながめていた。だって、あまりふしぎだから。」

「おじいさん、そいつ、おじいさんにかみついた、えっ、かみつかなかった——。」

せっかちの善太《ぜんた》は、もうこんなことを聞きだしました。

「いいから、まあ聞いておいで。ね、それから汽車が遠くへいってしまうと、その男は両手をあわせて、水をくむようなかっこうをして、それを川の上につきだした。みょうなことをすると思っていると、水の中から一ぴきのフナが、ピョンと飛びだしてきた。男はそれをヒョイとその手で受けて、受けたとおもうと、もうすぐ口へ持っていってムシャムシャと食べてしまった。食べてしまうと、また両手を水の上につきだし、首をちぢめて、魚の飛んでくるのをねらうようなかっこうをする。すると、魚がまたピョンと飛びあがってきた。それをヒョイと受けて、またすぐ口に持っていく。何度でもなんどでもそのありさまだ。それは魚が水から飛びだすのでなくて、そいつが水から魚をひきだしているようにしか思えなかった。

そのつぎに水の中を見て、おじいさんはじっさいそいつが魚を水からひきだしていることがわかった。だって、そのとき、水の中になんとたくさんの魚が集まっていたことか。なかにも一ぴきの大きなナマズがウネリウネリと水の中を泳いでいるありさまは、そしてそれをたくさんの小魚が集まってながめているありさまは、王様のおどりをでもながめているようだった。三尺《じゃく》もあるような、そのナマズは長いヒゲをたこの尾のように口の両側《りょうがわ》にひっぱって、底にもぐったり上にうきだしたり、水の上を輪《わ》を作ってグルグルまわってみたり、その大きな口を開けてみたり閉じてみたり、だが、そのあいだ鉄橋《てっきょう》の上のふしぎな男は両手をじっとつきだして、いつまでもいつまでもねらいをさだめているように、そのナマズをにらみつけていた。そのうちガサッと水音がしたとおもうと、もうその大きなナマズを、その男はつかまえて口に持っていっていた。持っていくどころかバタバタはねるナマズの頭をガリガリガリガリかじっていた。

そのころおじいさんのいなかには、まだ大きな鳥がたくさんすんでいて、野原にでても、高い木を見れば、そのいただきに、きっとたかやとびのような鳥が一羽か二羽はとまっていた。そんな鳥はとても目がよく見えるんだから、どんな遠いところでも、魚のはねているのなど見つけると、すぐ木のいただきからすうっと空の上に飛びだしてきて、とてもすばやく魚のそばにおりてくる。そのときもちょうどそんな一羽のとびが、その男のナマズを食べているのを見つけたとみえて、上の空にきて、グルグルまいはじめた。すると、魚には強くても、その男はとびはこわいのか、みょうにうろたえて、片手《かたて》を頭の上にあげて鳥をおうような形をした。それからあたりをキョロキョロ見まわして、なんだかわけのわからないなき声のような声をだした。」

「なんて、おじいさん、なんていった——。」

「さあ、なんだかおじいさんにはキュールキュールと聞こえたんだが。そうすると、どこからきたのか、二ひきのがまがノソリノソリとはってきて、そいつの両側《りょうがわ》にはいつくばった。その男はそれでとびもこわくなくなったか、おちついてナマズを食べだした。ところが両側にいた二ひきのがまはその男の口からナマズの骨《ほね》やはらわたなどがこぼれ落ちるので、すぐそれに飛びつき、二ひきでそれをあらそって食べはじめた。しかしふしぎなことにとびはがまがでてからは空の高いところへのぼってゆき、そこでのんきにピロロピロロとないていた。そのうちその大きなナマズを食べてしまうと、そいつはもうたくさんになったらしく、両手をのばしてのびをしてそれから立ちあがって、ノソノソともと来たほうへ歩きだした。がまもそのうしろについて、ピョンピョンと飛んでいった。がすぐにみんなむこうの草の中にかくれてしまった。」

「それからどうしたの。」

「うん、それから風がふいて、ザアザア草ややなぎの葉がその白いうらをかえした。そして気がついたときにはもう西の空がまっ赤になって、おじいさんの村のほうもぼうっとなって、日が暮《く》れかけていた。」

「それから——。」

「それからおじいさんは家《うち》にかえりたいと思っても、こわくてかえれない。どうしようかどうしようかと思っているうちに遠くで声がしてきた。オーイオーイ、平作《へいさく》平作ってよんでいる。おじいさんの兄さんやお父さんがちょうちんをとぼしてむかえにきてくれた。そこで、おじいさんは、お父さん——って、お父さんのほうへ走っていった。」

「ハハハハ。」

これを聞くと、正太《しょうた》も善太《ぜんた》もわらいだしました。こんなに年とったおじいさんにも、そんな子どものころがあったかと思ったからであります。

しかし三平《さんぺい》はおじいさんのひざでもうグーグーねむっていました。

「では、また明晩《みょうばん》のお話。」

こういって、おじいさんは立ちあがりました。

（おわり）

小《こ》松姫松《まつひめまつ》

福井研介《ふくいけんすけ》

小《こ》松姫松《まつひめまつ》、
ほろり、
小《こ》松葉《まつば》。

小松姫松、
とろり、
くものす。

小松姫松、
ちらり、
あわゆき。

小松姫松、
ほろり、
小松葉。

少年と海

加《か》能《のう》作《さく》次《じ》郎《ろう》

一

「お父《とと》、また白山《はくさん》が見える！」

そとからかえってきた為吉《ためきち》は、えんがわに網《あみ》をすいている父親の姿を見るやいなや、まだ立ちどまらないうちにこういいました。この為吉のことばになんの意味があるとも思わない父親は、

「そうかい。」とちょっと為吉のほうを見ただけで、

「どこに遊んでおった?」と手を休めもせずにいいました。

「浜に、沖《おき》見ていたの。」と為吉《ためきち》はえんがわに腰《こし》かけ「白山《はくさん》が見えとる。」ともう一度いいました。

父親ははじめて手を休めてふしぎそうに為吉の顔をしげしげとながめました。そして、

「白山が見えりゃなんだい?」とやさしくいいました。

父親はこのごろ為吉がみょうにふさいでばかりいるのが合点《がてん》がいかないのでした。為吉はまだ八つでしたが、ひじょうに頭のよいかしこい子で、なにかにつけて大人のような考えを持っていました。神経質《しんけいしつ》でしじゅうなにか考えてばかりいる子でした。

為吉はうつむいて前だれのひもをいじっていてしばらく答えませんでした。なにか心の中であてにしてきたことが、ぴったり父の心にはいらないで、話の気勢《きせい》をくじかれたような気がしたのでした。そしてまだ自分の思うていたことをいわないさきに、

「浜《はま》にだれかおったか?」と父親にたずねられて、いよいよ話がべつのほうへそれていくのをもどかしいようになさけないように感じました。

「だれもおらなんだ。」

「おまえ一人なにしていたい?」

した。

「えい、そうか。」と父親はふに落ちぬ顔つきをしましたが、ふかくたずねようともしませんでした。

為吉《ためきち》はなおもじもじしていましたが、ふと思いついたように、

「暴風《しけ》になってこぬかしら？」といいました。

「なぜ？ なりそうなようすかい？」と父親はふしぎそうにたずねました。

「白山《はくさん》が見えてるから。」

「白山が見えたって、おまえ。」

「それでも、暴風《しけ》になるときには、いつでも白山が見えるもの。」

父親は為吉がへんなことをいうなと思いましたが、べつに気にもとめず、

「どうもないだろう。」とすわったままひさしの先から空を見上げて、「だいじょうぶやろう、あのとおり北風雲《あいぐも》だから。」といいました。

「それでも白山が見えるから、いまに南東風《くだり》になるかもしれん。ぼくが沖を見ていたら、帆前船《ほまえせん》が一そう、南東風《くだり》がふいてくると思うたか、一生懸命《いっしょうけんめい》に福浦《ふくうら》へはいっていった。ありゃきっ

と暴風になると思うてにげていったのにちがいなかろう。」と為吉は自信があるようにいいました。

父親はにっこりわらいました。為吉の子どもらしいむじゃ気のことばが、父親にはおかしいほどでした。そして、

「おまえ、三里《り》もむこうが見えるかい？」とからかうようにいいました。

福浦《ふくうら》というのは、為吉の村のむこう岸の岬《みさき》の端《はし》にある港で、ここから海上《かいじょう》三里のところにあるのでした。

為吉の村は、能登国《のとのくに》の西海岸にある小さな漁村《ぎょそん》で、そして父親はまずしい漁夫《りょうし》でした。村の北のほうは小高い山を負《お》い、南に海を受けているので、南東《くだり》の風がふくと、いつも海があれるのでした。漁舟《りょうぶね》や、沖《おき》を航海《こうかい》している帆《ほ》前船《まえせん》などが難船《なんせん》して、乗組《のりくみ》の漁夫《りょうし》や水夫《すいふ》が溺死《できし》したりするのは、いつもその風のふくときでした。そしてその風のふくときには、きっと福浦岬《ふくうらみさき》からつづいた海中に加賀《かが》の白山《はくさん》がくっきりとそびえ立っているのが見えるのでした。そのほかのときにはたいてい、空の色あいや、雲のぐあいで見えないのがふつうでした。

「白山が見えると、南東風《くだり》がふく、海があれる、船が難波《なんぱ》する、そして人が死ぬ。」

こんな考えが、村の人たちの話や、自分の実見《じっけん》やらで、いつのまにか為吉《ためきち》の頭にできあがっているのでした。つい一か月ばかりまえにも、村の漁舟《りょうぶね》が一そう沖からかえりがけに、その颪にあって難波《なんば》し、五、六人の乗組《のりくみ》の漁夫《りょうし》がみんな溺死《できし》して、その死体がそれから四、五日もたってからとなり村の海岸に漂着《ひょうちゃく》しましたが、その日もやはり朝から白山の姿がものすごく海の中に魔物《まもの》のように立っていました。この新しいおそろしいできごとが為吉の頭にきざみこまれているのでした。彼はきょう学校からかえって、すぐ浜へ遊びにいったのですが、ふといつもの福浦岬《ふくうらみさき》のはしの水天髣髴《すいてんほうふつ》としているところに、白山のおそろしい姿がうす青くうかんでいるのを見とめたので、さっそく父親に注意しにきたのでした。おそらく父親はこれを聞いたら、それはたいへんだ、はやく船をあげねばならぬといって、浜へ飛びだしてくるだろうと思っていましたが、父親は、いっこうへいきでいるので、為吉はひどくはりあいがぬけたのでした。で、しばらくだまって、家のまえのやさい畑の上に目を落としていましたが、きゅうに思い出したように、

「お父《とと》、あの仏壇《ぶつだん》のひきだしに、県庁《けんちょう》からもろうたほうびがあるね？」とたずねました。

「なに？　そんなものがあるかな。」と父親はいぶかしそうにたずねました。

「あのう、ほら暴風《しけ》におうた船をたすけたほうびだよ。」

父親はまるで自分とは関係のない昔話でも聞かされるような気がしました。

「そんなものがあったかな。そりゃおまえ、十年も昔のことなので、おまえがまだ生まれないまえのことだったが。」

遠い遠い記憶《きおく》をよびおこすように、為吉《ためきち》の父はかがまっていた長い背をのばして、じっとむこうのほうを見つめました。

「どうしてたすけたのかね?」と為吉はたずねました。

「あのときは、たいへんな暴風《しけ》でな。」

「やっぱり南東風《くだり》だったね?」

「あ、大南東風《おおくだり》だった。」

「えい。」と為吉《ためきち》は熱心になって、「そのときもやっぱり白山《はくさん》が見えていただろうね?」

「そんなことはおぼえていないけれど、おそろしい大波が立って、浜の石垣《いしがき》がみんなこわれてしもうた。」

「よう、そんなときにたすけにいけたね——死んだものがおったかね?」

「なんでも十四、五人乗りの大きな帆前船《ほまえせん》だったが、二人ばかりどうしてもゆくえがわからなかった。なにしろおまえ、あの小《こ》が崎《さき》の端《はし》の暗礁《あんしょう》へ乗りあげたので、――それで村中の漁夫《りょうし》がその大暴風《おおしけ》の中に船をおろしてたすけにいったのだが、あんなおそろしいことはおらあおぼえてからなかった。」

為吉《ためきち》は目を光らして聞いていました。父は為吉の問いにおうじて、その難破船《なんぱせん》の乗組員《のりくみいん》を救助《きゅうじょ》したときの壮烈《そうれつ》な、そしてものすごい光景を思い出し思い出し話して聞かせました。そのとき為吉の父親は、二十七、八の血気さかりのゆうかんな漁夫で、ある漁船《ぎょせん》の船頭《せんどう》をしていたのでした。そして県庁《けんちょう》から、人の生命をたすけた功《こう》によって、褒状《ほうじょう》をもらいました。その褒状は仏壇《ぶつだん》のひきだしのおくのほうにしまいこんでおいて、もうわすれてしまっていたのでした。

為吉はおくの仏間へかけていって、その褒状をだしてきました。あつい鳥《とり》の子紙《こがみ》に、墨色《すみいろ》もこく、難破船《なんばせん》を救助したことは奇特《きとく》のいたりだというほめことばが書いてありました。そして終わりに××県知事《けんちじ》従《じゅ》五位《ごい》勲《くん》四等《とう》△△△と、その下に大きな四角な印《いん》をおしてありました。

「それからのちには、もう、そんなことはなかったかね？」と為吉はたずねました。

「漁舟《りょうぶね》なんかおまえ、一年に二そうや三そうそうちあげられるけど、あんなことはなかったよ。」

父親は、目をつぶって、昔を思い出しているようでした。

二

それからまもなく為吉《ためきち》はふたたび浜《はま》へおりていきました。入江《いりえ》には小さな漁舟《りょうぶね》が五、六そう、ふなべりをせっしてつながれていました。かなかな波が船腹《せんぷく》をぴたぴたといわせていました。

夏の暑い日の午後で、ちょうど昼寝《ひるね》どきだったので、浜にはだれもおらず、死んだようにしずかでした。ただ日ざかりの太陽が熱《あつ》そうに岩の上に照りかえしているばかりでした。だいぶはなれたむこうのほうの入江に子どもが五、六人海水浴《かいすいよく》をしていましたが、為吉が、ここに来ていることに気がつきませんでした。

為吉はしばらく岸に立って沖《おき》をながめていましたが、やがて一番左の端《はし》の自分の家の舟のともづなをひっぱって飛び乗りました。舟がゆれたひょうしに、波のあおりをくって、どの舟もいちようにゆらゆらと小さな動揺《どうよう》をはじめました。為吉はへさきへいって、立ったまま沖をながめました。

「やっぱり白山《はくさん》が見える!」

こう彼《かれ》は口の中でつぶやきました。青い海と青い空とのさかいに、おなじような青の上に、白いうすいベールをかぶったような、おぼろげなかすんだ色に、大きな島のようにうかんでいました。白い雲がいただきのほうをつつんでいました。

為吉《ためきち》は心をおどらせました。白帆《しらほ》が二つ三つそのふもとと思われるところに見えました。じっと見つめていると、そこから大風がふき起こり、山のような大波がおしよせてきそうな気がしました。あの白帆が、だんだんこちらへ風におわれてきて、まともにこの村の岬《みさき》へふきつけられ、岩の上に打ちあげられて、そこに難破《なんぱ》するのではなかろうかと為吉は自分で作った恐怖《きょうふ》におそわれるのでした。まんまんとして波一つ立たないしずかな海も、どこかその底の底には、おそろしい大怪物《だいかいぶつ》がひそんでいて、いまにもあれだして、天地を震撼《しんかん》させそうに思われました。耳をすますと遠い遠い海のかなたが、ふかいふかい海の底に、ごうごうとなりひびいているような気がするのでした。

ふと対岸《たいがん》の福浦岬《ふくうらみさき》の上にあたって、むくむくと灰色《はいいろ》の古わたのような雲がのぼってきたのをみとめたとき、為吉《ためきち》は、「南東風《くだり》だ！」と思わずさけびました。ぬらっとして、油《あぶら》をまいたようなたいらかな海面がくずれて、いったいに動揺《どうよう》をはじめたようでした。入江《いりえ》の出口から右のほ

うに長くつづいている小《こ》が崎《さき》の端《はし》がつきでている、そのさきの小島に波が白くくだけはじめるようになってきました。かもめが七、八わ、いつのまにか飛んできて、岬《みさき》のはしになきながら群《む》れ飛んでいました。ずっと沖《おき》のほうがくろずんできました。なまぬるい風が一陣《じん》さっと為吉《ためきち》の顔をなでました。

いっしんに沖を見ていた為吉は、ふと心づいてあたりを見まわしました。浜にはやはりだれもいませんでした。なんの物音もなく、村全体は、ふかい昼寝の夢《ゆめ》にふけっているようでした。とびが一わものものしげに低く浜のほうにかけっていました。

為吉はまた沖をながめました。白山《はくさん》はますますはっきりしてきました。さっきの白帆《しらほ》がだいぶ大きくなって、しまきが沖のほうからだんだんこちらに近づいてきました。あのしまきがこの海岸にたっすると、もう本物の南東風《くだり》だ、もう、それも十分とまがない、——白山《はくさん》、南東風《くだり》、難破船《なんぱせん》、溺死《できし》——、こういう考えがごっちゃになって為吉の頭の中を往来《おうらい》しました。だれか死ぬというような思いが、ひらめくように起こりました。むねがなにものかにひきしめられて、息苦《いきぐる》しいような気さえしてきました。なにを思うよゆうもなく、為吉は刻《こく》一刻にあれてきそうに思われる海の上を見つめていました。自分がいまどんなところにいるかということもわすれてしまっていました。

じっと耳をすましていると、どこかにたすけをよびもとめている声が空耳《そらみみ》に聞こえてくるのでした。幾人《いくたり》も幾人《いくたり》も、細いかなしげな声をあわせて、よんでいるように為吉《ためきち》の耳に聞こえました。なんだか聞きおぼえのある声のようにも思われました。一か月まえに難船《なんせん》して死んだ村の人たちの声のような気もしました。為吉は身をすくめました。糸をひくような細い声は、たえたかと思うと、またつづきました。その声はどこか海の底か、空中かから来るような気がしました。為吉はいっしんになって耳をすましました。

いつのまにか入江《いりえ》の口にも波が立ってきました。自分の乗っている船腹《せんぷく》にうちつける潮《しお》のぴたぴたする音が高くなって、舟《ふね》はたえず、小さな動揺《どうよう》をつづけました。

とつぜん、あたかもこれからせめよせてくる海の大動乱《だいどうらん》を知らせるさきぶれのよう、ひときわ、きわだった大きな波が、二、三うねどこからともなく起こって、入江の口へおしよせました。それがしだいに近よって、むくむくとだいじゃが横にはうように舟のへさきへよってきたかと思うと、へさきをならべていた小舟《こぶね》はいっせいに首をもたげて波の上に乗りました。一波《ぱ》また一波、はなはだしい動揺とともにふなばたとふなばたとがつよくうちあって、さらに横ざまに大ゆれにゆれました。

「わあっ！」というさけび声がしたかと思うと、もう為吉《ためきち》の姿はへさきに見えませんでした。最後の波は岸に打ちあげて、白いあわを岸の岩の上にのこしてしりぞきました。

午後三時ごろの夏のあつい太陽が、一団の灰色雲《はいいろぐも》のあいだからこの入江《いりえ》をいっそう暑苦《あつくる》しく照らしていました。とびがゆうゆうと低い空をかけっていました。


夕ぐれがたに、この浜にはさかんなわら火の煙《けむり》があがりました。それは為吉の死骸《しがい》をあたためるためでした。為吉の父も母も、その死骸にとりすがって泣いていました。

そのころから空がくもり、波が高く海岸に咆哮《ほうこう》して、ほんとうの大暴風《おおあらし》となってきました。


（おわり）

沈《しず》んだ鐘《かね》

吉《よし》田《だ》紘《げん》二《じ》郎《ろう》

一

越後国《えちごのくに》の国主《こくしゅ》から国中におふれがでました。それはこんど国主のご先祖《せんぞ》をまつるおたま屋ができるについて、鐘楼《しょうろう》につるす鐘《かね》をいることになりました。だれでもいいから、われこそと思うものは鐘をいて献上《けんじょう》しろ、ただしその鐘は三里四方にひびくほどの鐘でなければならぬ。ごほうびとしては黄金《おうごん》二十枚《まい》をくだされ、武士《ぶし》にとりたてるということでありました。

出雲崎《いずもざき》近くの浜《はま》に住んでいた乙丸《おとまる》はある日町の立て札《ふだ》を読みました。乙丸はこおどりして浜の家にかえってきました。乙丸《おとまる》は代々《だいだい》越後《えちご》一番のい物師《ものし》とよばれた名家《めいか》に生まれ、近国《きんごく》にかたをならべるもののないほどの名匠《めいしょう》でありました。そのころ年はすでに七十をこしていました。

乙丸は、しめなわをはりまわしたい物場《ものば》にはいりきりになって夜も昼も砂を吟味《ぎんみ》して、型《かた》を作って、やがていよいよ鐘《かね》をいるだんどりになりました。さいしょ乙丸が町のつじでおふれの立て札《ふだ》を読んでから、ちょうど一年たちました。

出雲崎《いずもざき》の乙丸がどんな名鐘《めいしょう》をいるかということは越後中《えちごじゅう》の人びとのうわさになりました。おなじい物師《ものし》たちのあいだには乙丸の苦心をぬすむために旅のあきんどになったり、法師《ほうし》の姿をしたりして出雲崎へやってきて、こっそり乙丸の仕事場のおくをのぞこうとするものもありました。

いよいよ熔鉱炉《ようこうろ》には火が燃えはじめました。若い弟子たちは夜も昼もふいごをふみました。赤い炎《ほのお》が夜ごとに出雲崎の空をこがしました。

「わしも一生の思い出に、唐天竺《からてんじく》にもないほどの名鐘をいてみたいものじゃ。三里はおろか五里も十里も鳴りひびく鐘を作りあげたいものじゃ。」乙丸は赤い炎を見ながらそう思いました。乙丸の顔には強い自信の色がかがやいていました。

ある日乙丸《おとまる》は浜《はま》の人たちが砂の上にしゃがんで話しているのをなにげなしに聞きました。鐘《かね》がいこまれた日のことでありました。浜の人たちは乙丸が沖《おき》を見ながら立っていたことに気づきませんでした。

「どうせ鐘は乙丸じいさんの勝ちにきまっておる。」

「いや、そうではない。糸魚川《いといがわ》の桐丸《きりまる》は年は若いがどうしてどうして、乙丸じいさんもゆだんができぬぞ。わしの考えでは糸魚川の桐丸のほうがきっといい鐘をいるにちがいないと思うよ。」

乙丸はわなわなと両足がふるえるのを感じました。糸魚川の桐丸、糸魚川の桐丸、乙丸は口の中でくりかえしました。

「なんでも糸魚川の桐丸は半月もまえにりっぱな鐘を作りあげたといううわさではないか。このごろは夜になると鐘をつるしてついているそうだよ。」

「うまく鳴《な》ったかな。」

「鳴るとも鳴るとも。なんでもしずかな夜だと三里まではたしかにひびくということじゃ。なんぼ乙丸じいさんが名人でも、三里もひびく鐘はいられまい。そのしょうこにはまだだれもじいさんの鐘を見たものがないじゃないか。」

「なにぶんあの年ではなあ。いくら名人でも老《お》いては駑馬《どば》にしかずじゃ。ははは……。」

浜《はま》の人たちは乙丸《おとまる》がそこに立っていることも知らずかってなうわさをしました。

「わしの鐘の音《ね》を聞いておどろくな。わしの鐘は三里どころか、五里も十里も聞こえそうだ。」

乙丸はただ一人でさびしい心をいだきながら仕事場《しごとば》のほうへかえっていきました。

二

その夜乙丸はこっそり旅姿《たびすがた》をして家をでました。いうまでもなく糸魚川《いといがわ》のほうへむかっていったのでした。

ある晩《ばん》乙丸は糸魚川からちょうど三里てまえのとうげに立っていました。

しずかな晩《ばん》でした。いま夜中ごろでありました。糸魚川の桐丸《きりまる》の鐘《かね》の音がかすかにひびいてきました。

「なるほどこれならば三里はたしかにひびいてくるわい。だが三里いじょうは聞こえない。それにおしいことにはすこし陰《いん》にこもりすぎた音じゃ。」と乙丸はひとりごとをいいました。

「ふっふっ、出雲崎《いずもざき》にわしがいることも知らぬのかな。こうやって毎晩《まいばん》鐘《かね》を鳴《な》らしてためすなんて身のほど知らぬやつじゃ。どんな顔の若者《わかもの》だろう。一つ顔を見てやろう。さぞ高慢《こうまん》な顔をしていることだろう。そいつの鼻柱《はなばしら》をくじいてやりたいものじゃ。乙丸《おとまる》はそうも思いました。そして糸魚川《いといがわ》のほうへ歩いていきました。

桐丸《きりまる》の家はすぐ知れました。乙丸はあまりみすぼらしい桐丸の家を見てまずおどろきました。仕事場には板《いた》がこいがしてありましたが、それもぼろぼろの船板《ふないた》で、どこからでも仕事場の中はのぞかれるのでした。仕事場のすみのほうに足場を組んで鐘《かね》がつるされてありました。

つぎだらけのはかまをつけた若者《わかもの》が、砂の上に手をついて金貸《かねか》しらしい男にあやまっていました。おくのほうには若者の母親がわずらって寝《ね》ていました。

「おい、おい。いつまでおなじことをくりかえすのだね。桐丸《きりまる》さん、こんどの鐘《かね》をいるについて地金《じがね》の代《だい》から、砂、薪《まき》の代いっさいがっさいあわせて五十両《りょう》だぜ。」

「もう半月お待ちください。御殿《おとの》さまからごほうびにいただく黄金《おうごん》二十枚《まい》、それできっとおかえしをします。」若者《わかもの》は砂の上にひたいをこすりつけるほどにしてわびていました。

「じょうだんじゃないよ桐丸さん。おまえさんはなるほど三里にひびく鐘は作りあげた。殿《との》さまのおふれだしには三里ひびけばいいように書いてある。だがおまえも出雲崎《いずもざき》に乙丸《おとまる》という名人が昔からいることを知らぬはずはない。もしあの名人が五里もひびく鐘を作って殿さまに献《けん》上《じょう》したらどうする。おまえさんは一文もいただくわけにゆかぬ。そしたらどうしてわしの金はかえしてくれる。」

「わたしはうっかりしておりました。出雲崎の乙丸さんに勝つ腕《うで》の職人《しょくにん》といってはおそらく日本中にもおりますまい。」桐丸はうなだれてしまいました。そしてふかいため息をつきました。

「それを見なさい。だからわたしは一日もはやくわしのお金をかえしてもらいたいのじゃ。」

「わたしはとんだ考えちがいをいたしました。ただ一人の病身《びょうしん》の母に二十枚《まい》の黄金《おうごん》を見せてよろこばせたいばっかりに、そして武士《ぶし》になって刀をさした姿をあの母に見せてやりたいばっかりに、あの鐘《かね》をいたのでございましたが……もし出雲崎《いずもざき》の乙丸《おとまる》さんの鐘が五里も遠くひびくとなればわたしはどうしたらよいでしょう。」桐丸《きりまる》も病《や》みほうけた母もただ泣《な》いてばかりいました。

「出雲崎の乙丸が二十枚の黄金《おうごん》をいただくことは最初からきまっている。うっかりおまえさんの口車に乗って金を貸《か》したが、わしはくやしい。だがともかく貸したお金はきょうすぐかえしてもらいますぜ。」

「ともかくもう十日だけお待ちください。そのうえでもしどうでもごほうびをいただけないとなれば、母とわたしくは、海に身をなげてもおわびいたします。」

乙丸は目をしばたたきながら出雲崎のほうへかえっていきました。

三

あすはいよいよ国主《こくしゅ》のお城《しろ》で鐘くらべがあるという日の晩でありました。浜《はま》の人たちは「乙《おと》丸《まる》じいさんはなんで鐘《かね》をお城《しろ》へ持っていかないのだろう。」

「鐘のできばえがわるかったにちがいない。いかに名人でもあの年ではなあ。」などと語っていました。

月のよい晩《ばん》でありました。草むらには虫が鳴いていました。

乙丸《おとまる》は弟子《でし》たちをつれてかねて浜《はま》べにしたくをさしておいた船へ鐘をはこびました。船には鐘をつるすやぐらがこしらえてありました。乙丸はそのやぐらに鐘をつるして、自分ただ一人で沖《おき》へでました。

弟子たちは浜べの高い山にのぼっていきました。そしてたいまつをたきながら沖の船を見おくりました。

月の下の弥彦山《やひこやま》と米山《よねやま》をうしろに見て、佐渡《さど》が島を右にながめながら船は沖へおきへと走りました。

「もう浜から三里は来たにちがいない。」乙丸は若《わか》いころから船に乗るのがすきでよく出雲崎《いずもさき》から佐渡あたりの海を乗りまわしましたので、山の姿を見ては海の上の里《り》数《すう》を判断《はんだん》しました。

乙丸はやぐらの鐘を一つついてみました。

なんという美しい鐘《かね》のひびきでしょう。しずかな鐘の音《ね》は月の光にとけこんでいくかと思われるほどたっとく聞こえました。

「自分ながらあっぱれなできばえである。迦陵頻伽《かりょうびんが》の声というのはこれであろう。おそらく唐《から》天竺《てんじく》にもかほどの鐘はあるまい。」乙丸《おとまる》は自分で自分の鐘の音にききほれていました。眠《ねむ》っていた水鳥のむれが鐘の音におどろかされて白い波の上に立ちあがりました。そしてあまり美しい鐘の音につれてやさしい声で鳴《な》きながら、鐘の音をおってうれしそうにやぐらのまわりにあつまってきました。

乙丸は出雲崎《いずもざき》の山を見ました。そこには弟子《でし》たちがたいまつの火を高くふっていました。

「ああ、この鐘の音が聞こえたんだ。聞こえたんだ。」乙丸はやぐらの上からにこにこと山をながめました。

一時《ひととき》、二時《ふたとき》……と時がたち、船は沖へおきへと走りました。

「もう浜から五里ははなれたにちがいない。」乙丸はそういいながらこんどは三つつづけて鐘をつきました。鐘はまえにもまして美しく海の上に鳴りひびきました。水鳥のむれが鐘の音をしたって飛んできました。陸地のほうでは弟子たちがふたたびたいまつをふりました。

「やっぱり聞こえるとみえる。あのようにたいまつをふっている。」乙丸《おとまる》は出雲崎《いずもざき》の山をながめながら、月の下に、なお沖《おき》へおきへと船をやりました。

四

出雲崎の山の上の弟子たちは、船が十里くらいはなれたところまで美しい鐘《かね》の声を聞きました。月が落ち、波の音が高くなったので鐘の声もたえてしまいました。弟子たちは浜《はま》に立ってあけの日もそのあけの日も乙丸《おとまる》の船を待っていましたが、乙丸はとうとう浜へはかえってきませんでした。そのご、冬の野分《のわけ》の風のころ乙丸の船だけが浜に流れてきました。乙丸も鐘も見えませんでした。

乙丸は月のいいあの夜鐘をだいて海の底にしずんでしまったのでした。

月の美しい秋の夜など、ふかい海の底から乙丸の鐘の音がひびいてくるという物語が長いあいだ北の国の人びとのあいだにつたえられていました。

糸魚川《いといがわ》の桐丸《きりまる》の鐘はおたま屋の鐘楼《しょうろう》につるされて桐丸の家はさかえました。

（おわり）

生きた絵の話

下村《しもむら》千秋《ちあき》

一

織田信長《おだのぶなが》の時代、京都の北のほうに、果心居士《かしんこじ》とよばれる老人が住んでいた。白い長いあごひげをはやし、いつも神主《かんぬし》のような身なりをしていたが、じつは人びとに仏画《ぶつが》を見せ仏道《ぶつどう》を説《と》いて、くらしをたてていた。その仏画は、地獄《じごく》に落ちたものが、さまざまの罰《ばつ》を受けているさまをえがいたもので、じつに真《しん》にせまったおそろしいまでにりっぱな絵であった。

果心居士はこの掛物《かけもの》を晴れた日ごとに、祇園《ぎおん》の社《やしろ》の境内《けいだい》に持っていき、そこにある大きな樹にかけて善《ぜん》をなすものは善のむくいを受け、悪《あく》をなすものは悪のむくいを受けるという、つまり因果応報《いんがおうほう》の理《り》を説《と》き、そして仏《ほとけ》の道にしたがうように人びとにすすめるのであった。人びとは、そのおそろしい絵を見、それから老人の熱心な説教《せっきょう》を聞いて、ありがたい教えだといいながら老人のまえに銭《ぜに》をなげるのであった。

信長《のぶなが》の家来《けらい》に荒川《あらかわ》というさむらいがいた。このさむらいがある日、ふと、この老人の掛物《かけもの》を見て感心し、それを信長にもうしあげた。信長は、そういう絵ならばぜひ見たいものだ、といって、すぐ果心居士《かしんこじ》に命令をくだして、その掛物を持ってこさせた。

信長は掛物を見てそのりっぱさにひじょうにおどろいた。鬼《おに》のさま、罪人《ざいにん》のさま、すべて生きているようで、流れている血のさまなども、いまげんにほんとうの血がたらたら流れているように見えた。で、信長は指の先で、その血のところをさわってみたほどであった。そこで信長は、

「このふしぎな絵をかいた人はだれか。」とたずねた。果心居士は、

「それは有名な絵師《えし》、小栗宗丹《おぐりそうたん》が、百日のあいだ、からだをきよめ心をきよめ、清水寺《きよみずでら》の観音《かんのん》さまをいっしんにいのったのち、ようやくかいたものでございます。」と答えた。

「なるほど」と信長《のぶなが》は感心して「おまえはこの絵を贈《おく》り物《もの》としてわしにくれる気はないか。」と聞いた。すると果心居士《かしんこじ》はこう答えた。

「わしはこの絵を人びとに見せ、仏の道を説《と》いてやっと暮《く》らしを立てているのでございます。これをさしあげてしまえば、わしはきょうから食うにこまります。しかし、ぜひお手に入れたくおぼしめさるるならば、金《きん》百両《りょう》でお買いあげくだされ。そうすればわしもそのお金でほかの商売にありつけますれば。」

信長はこの答えをよろこばないようすであった。するとおそばにいた家来《けらい》の荒川《あらかわ》が、信長の耳になにかささやきごとをした。信長はうなずいて、そこですぐ果心居士をしりぞかせた。

二

果心居士はその日の夕方、京都の町はずれのさびしい道を一人でとぼとぼ歩いていた。と、うしろから一人のさむらいがおっかけてきて、

「コラ、果心居士、持参の絵をこっちへだせ。そのかわり金《きん》百両《りょう》の代としてこの三尺《じゃく》の鉄を進《しん》呈《てい》いたす。」といいさま、腰《こし》の一刀《いっとう》をギラリとひきぬいて老人を殺し、その絵をうばいとってし

まった。このさむらいはいうまでもなく、信長《のぶなが》の家来《けらい》の荒川《あらかわ》であった。

つぎの日、荒川は信長のまえへでて果心居士《かしんこじ》からうばった絵をささげた。信長はすぐにそれを床《とこ》の間《ま》にかけさせてみた。ところがそれはただの白紙であった。なんの絵もかいてなかったのである。荒川はびっくりした。信長はおこりだした。

「きさまはわしをだましたな。」といって信長はすぐに荒川を牢屋《ろうや》へいれてしまった。

こういうことがあってまもなく、殺されたはずの果心居士がまたれいの仏画《ぶつが》を人に見せて説教《せっきょう》をしているといううわさがつたわった。ちょうどそのとき荒川は罪《つみ》をゆるされて牢屋をでたのであったが、このうわさをきいて自分の耳を信じることができなかった。が、とにかくその場へいってみよう、そしてもしほんとうに果心居士であったら、こんどこそまちがいなく掛物《かけもの》をうばいとろうと決心した。

そこで荒川は、まい日果心居士のありかをさがし歩いたが、よういに見つからなかった。と、ある日思いがけなく、とある居酒屋《いざかや》で果心居士とでくわした。荒川はすぐにとらえた。すると老人はきげんよくわらいながら、

「どこへでもまいりますが、まずしょうしょう酒をのみたいでしばらくお待ちなされ。」といっ

た。荒川《あらかわ》はそれをゆるした。老人はそこで大きなわんにつづけざま十二はいのんだ。そしてまんぞくしたといった。荒川はなわをかけて信長《のぶなが》のやしきにつれていった。

やしきでは、信長のかわりに役人が果心居士《かしんこじ》をとりしらべた。役人はこういった。

「そのほうは、幻術《げんじゅつ》をもって人をあざむきたれば厳罰《げんばつ》に処《しょ》すべきであるが、もしそのほう持参《じさん》の掛物《かけもの》をうやうやしく信長公《のぶながこう》に献《けん》ずるならば、このたびだけはゆるしてつかわす。どうじゃ。」

それを聞いた果心居士は、それはめいわくだといわぬばかりに、

「人をあざむいたのはわたくしではござりませぬ。そこにいるその男じゃ。」と荒川のほうを指さし、「おてまえは信長公に献ずるといってわたしの絵をうばいとり、それを白紙に取りかえて公《こう》に献じ、ほんものの絵は自分のものとしてしまわれたのじゃ。」といった。荒川はすこしも身におぼえのないことをいわれたので、ひじょうにおこったが、役人には、どっちが正しいとも判断《はんだん》がつかなかった。で、果心居士も荒川もともに罰《ばつ》を受けねばならぬことになった。果心居士は牢屋《ろうや》へいれられ、荒川は青竹で気絶《きぜつ》するまで打たれた。

三

果心居士《かしんこじ》は牢屋《ろうや》の中で、荒川《あらかわ》がひどい罰《ばつ》を受けたということを知り、気のどくに思ったのか、牢《ろう》の番人《ばんにん》にむかって、

「荒川を悪人《あくにん》のようにわしがいったのはじつはうそじゃ。ほんとうのことをもうしあげるによってどうぞわしを役人《やくにん》のまえへつれだしてくれ。」

そこで果心居士はふたたび役人のまえへひきだされた。居士《こじ》はせきばらいをし、落ちつきはらってつぎのようにもうしたてた。

「すべてりっぱなすぐれた絵にはたましいというものがあるものじゃ。法眼元信《ほうげんもとのぶ》が襖《ふすま》にかいた絵の中のすずめが、あるときどこかへ飛びさってしもうたという話は有名なものじゃ。またある掛図《かけず》にかいた馬が夜になるとかならず外へ草を食いにでかけたということもよく知られている。まことにそういう絵は、きらいな場所または持主からはにげさってしまうもので、こんどのばあいでも、あの仏画《ぶつが》は信長公《のぶながこう》がきらいなため、どこかへ消えうせて白紙になってしまったのにちがいありませぬ。がしかし、もしわしがはじめにもうした金百両《きんりょう》をくださるならば、絵はそれにむくいんがためにふたたびあらわれてくるにちがいありませぬ。」

これを役人から聞いた信長は、おかしなことをいうやつだと思いながらも、一つためしてや

ろうと思い金百両《きんりょう》をしはらうように命じた。そして掛物《かけもの》のまえへ行ってみると、ふしぎにももとのままの絵が、どんな細かいところまでもすっかりあらわれてきたのである。けれど一つ不満《ふまん》に感じることは、色彩《しきさい》——色のぐあいがもとのように真《しん》にいきいきとしていないことであった。

信長《のぶなが》は、それをどうしたわけだと果心居士《かしんこじ》に聞きただした。すると居士《こじ》は、

「もとの絵はまったく金で勘定《かんじょう》いたせるものではないのでありまする。が、さてただいまあらわれた絵は、公《こう》がおはらいになったお金の値《あたい》だけ、つまりかっきり百両《りょう》がほどあらわれたのでござりまする。」と答えた。これにたいしては信長はじめ、いならぶ役人たちもことばがでなかった。これいじょう問答《もんどう》をするのはむだだと思い、信長はその場ですぐ果心居士を自由の身にした。

四

さて、荒川《あらかわ》に武一《たけいち》という弟がいた。武一は兄の荒川が、無実《むじつ》の罪《つみ》で牢屋《ろうや》にいれられたり、青竹で打たれたりしたのをひじょうにくやしく思い、ぜひ果心居士《かしんこじ》を殺してうらみをはらそうと

Sho

決心した。で、果心居士《かしんこじ》がまた居酒屋《いざかや》で酒《さけ》を飲《の》んでいるのを見つけ、いきなりおどりいってとらえ、その場で首を切ってしまった。そのうえふところに持っていた百両《りょう》をもうばいとり、首と金をふろしきにつつんで兄の荒川《あらかわ》の家へ行った。しかし、ふろしきを開けてみると、首のかわりにからの徳利《とくり》があり、金のかわりに土のかたまりがあるばかりであった。そこへこういううわさがつたわってきた。頭のない人が居酒屋からでていった。どうして、またどこへ、それはだれも知らないというのであった。荒川も武一《たけいち》もただぼんやりしてしまった。

　果心居士の姿《すがた》はそののちどこにもあらわれずに一月《ひとつき》ばかりたった。とある日の夕方、一人のよっぱらいが、信長公《のぶながこう》のおやしきの門前に、そこらじゅうに聞こえるような大いびきをかきながらねむりこけていた。家来の一人がそれを見て、それは果心居士であることが知れた。ぶれいものめがという声がかかり、老人はすぐにまた牢屋《ろうや》へつながれた。が老人はその牢屋の中で、十日《か》十晩《ばん》のあいだ、すこしもめざめることなしにねむりつづけた。遠雷《えんらい》のような高いびきをかきながら。

　ちょうどこのとき信長は、部下の明智光秀《あけちみつひで》のむほんによって殺されたのであった。この光秀《みつひで》はそれからわずか十二日してまた殺されてしまったが、そのまえ、天下の主君《しゅくん》となったとき、光秀《みつひで》は、牢屋《ろうや》にいる果心居士《かしんこじ》のことを聞き、罪《つみ》をゆるして、居士《こじ》を自分のまえによびだし、いろいろのごちそうを山ほどだして食べさせた。居士はしたうちをしながら食べた。食べおわるのを見ると、光秀は居士にむかって、

「きけば先生には酒をひじょうにこのまれるそうだが、どのくらいのめるかな。」ときいた。

居士は答えた。

「どのくらいのめるか、わしにもわかりませぬ。ただようてきたなと思うときよすばかりでござる。」

そこで光秀は、両手でささげ持つような大きなさかずきをださせ、居士が飲むだけなんばいでもつげとそばのものに命じた。すると居士はつづけざまに十ぱいほどのんで、

「まだしょうしょうたりませぬ。」といった。

「もう酒がなくなりました。」とそばのものが光秀にいった。

果心居士はそこで手をあげて、

「酒がなければこれでけっこうでござる。いや、なかなかよいここちになりました。ところで、貴殿《きでん》のかたじけないおなさけへのお礼といたし、これからわしの秘術《ひじゅつ》をしょうしょうお目にか

けもうしましょう。さあ、どうぞあのびょうぶをごらんくだされ。」といって、座敷《ざしき》のすみを指さした。

五

座敷のすみには、近江《おうみ》八景《はっけい》をかいた大きな八枚《まい》びょうぶがあったのである。光秀《みつひで》はじめ、おそばのもの一同そのびょうぶをながめた。

八景《けい》のうちの一景《けい》に、琵琶《びわ》湖《こ》の上はるかのところに、一つの舟《ふね》を一人の舟子《ふなこ》がこいでいるところの絵があった。その舟は、びょうぶのまんなかほどに一寸《すん》たらずの長さにかかれてあった。果心居士《かしんこじ》はこの小舟のほうにむかって手をふって合図《あいず》をしたのである。

すると舟はとつぜん方向をかえて、絵の前景のほうへと動きだした。舟は近よるにつれてだんだんと大きくなり、そのうちに舟子の姿がはっきり見わけがついてきた。そしてなおも小舟は近づいて、とうとうすぐ目のまえにあるように大きくなった。と、きゅうに、湖《みずうみ》の水が、その絵の中から座敷の中へとあふれだしてきた。そして見るまに座敷いっぱいが水になった。光秀はじめ、みんな立ちあがり、あわてて裾《すそ》をからげた。

このとき、その舟《ふね》がびょうぶからすべりでるように見えた。櫓《ろ》のきしる音さえ聞こえてきた。そしてそれはじっさいの漁船《ぎょせん》になったのである。それが果心居士《かしんこじ》のまえへぴったりとついたのである。すると果心居士はにっこりわらって、その舟に乗りうつってしまった。おやおやと見ているうちに、舟はむきをかえてひきかえしはじめた。はじめゆるやかに、それからだんだんとはやくなり、どんどんと遠くさっていく。それとどうじに、座敷《さしき》の水はびょうぶの中へすいこまれるようにひいていった。そして舟が、絵の前景のところまでいくと座敷中の水はすっかりかわいてしまった。がなおも絵の中の舟は水の上をすべりゆくように見えた。しだいに遠く、しだいに小さく、そしてついに沖合《おきあい》の一点となったかと思うと、やがてスーッと煙《けむり》が消えるようにに消えうせてしまった。こうして果心居士はどこかへいってしまったのである。

これきり果心居士は二度とこの世にあらわれてこなかった。

（おわり）

北へ行く汽車《きしや》

周《す》郷《ごう》 博《ひろし》

雲のない
空よ、
燃《も》えろ。
尾花《おばな》はら
ちろろ、
小鳥。
むこうを行く
汽車《きしや》よ、
ひかれ。

Q《キュー》

平塚武二《ひらつかたけじ》

とてもとても、ふしぎな、めずらしい話ですから聞いてください。一人で、しまいこんでおくのはおしいんです。去年《きょねん》の十二月のことです。わたしはある会合《かいごう》で、六呂木三十郎《むろきさんじゅうろう》という人と近づきになりました。五十をすこしでたくらいの、ごましお頭の、まじめな学者はただの人で、なんの専門《せんもん》か知りませんが、ずっと独身《どくしん》でいつもこつこつ本ばかり読んでいる人なのです。学問《がくもん》にこるとびんぼうばかりしますよとわらっていました。

　その人が、わたしは、これこれこういうところに間借《まが》りをしている、お通りがかりによってくださいといってくれたので、ふとこの二月の末《すえ》のある土曜日に、会社のかえり、たまたまその近所へ社用《しやよう》でいったついでに、立ちよったものです。そのとき、わたしは、左のうちかくしへ、銀《ぎん》ぐさりでつるしたがまぐちに、五十七円四十三銭《せん》という金を入れてもっていました。よくこまかくおぼえているものだとおわらいでしょう。その日月給《げっきゅう》をもらって、いろいろのはらいをして、もとからののこりとあわせた金です。いくどもかぞえて入れたせいか、いまでもちゃんと金高《きんだか》をわすれないでいるわけです。

わたしが六呂木氏《むろぎし》とむきあって、たばこをふかしていますと、六呂木氏は、

「ときにね。」と、れいのおちついた細い声でいいだしました。

「おかしなこともあるものですよ。あなたは、死んだ人が、ひょっこりとでてきたといったらそれを信じてくれますか。」

「死んだ人が？　ゆうれいですか、それは？」

「ゆうれいというのがへんならば、まぼろしといってもいいのです。」と六呂木氏は、じっとわたしの顔を見つめていましたが、まもなく目をおとして、

「じつは昨夜《さくや》、Q《キュー》という、死んだわたしの友人が、ひょこりとわたしのまくらもとへきたのです。」

「Qというのはその人の名前の頭文字《かしらもじ》ですか？」

「ほんとうはQではないのですが、ともかくQとしておきましょう。この人はわたしがX《エックス》という町にいたときの知りあいです。そのころQは犬を飼《か》っていました。犬の名をZ《ゼット》としておきましょう。QはとてもZをかわいがっていました。で、ある晩《ばん》Qがひょこりとやってきて、ぼくは近いうち死ぬんじゃなかろうかと、だしぬけにいうのです。どうしてときくと、だって、ぼくはR《アール》のゆうれいを見た、まるで生きていたときのRとそっくりなんだものとこういうんです。」

「犬ならZではないんですか。」とわたしが聞きますと六呂木《むろぎ》氏はすこしあわてて、

「そうそうZでした。Rでもいいんです。ともかくQの犬です。」

「その犬が死んだあとでですか。」

「そうそう、話がいれちがいました。Zがふいに死んだその晩《ばん》のことなんだそうです。Qが夜、用たしにでかけて町を歩いていると、Zがどんどん走ってまえをよこぎって、角《かど》をまがると、だれかの家のれんがべいの中へすうっと、すいこまれるように消えてしまったそうです。」

「それで？」

「Qはその犬のゆうれいを見たのは、じぶんが近く死ぬというしるしだろうといって、しょげ

こんでいるのです。そんなりくつはないだろう。犬のゆうれいを見たら見たでいいじゃないか。それが君の命《いのち》となんの関係《かんけい》があるんだ、と、わたしはQの気をひきたたせるためにこういいました。いや、どうも明日《あす》は死ぬような気がするよ、死んだら、あとしまつをたのむよといってQはかえっていきました。」

「そのあくる日死にましたか。」

「いや死にやしません。朝おきるとQは、いつものとおり服《ふく》を着て、いつもの時間につとめさきへでたのです。」

「へえ、そして、つとめさきで死んだのですか。」

「いいえ、その日いちんち働《はたら》いて、家へかえって、夕飯《ゆうはん》を食べてねたのです。」

「その晩《ばん》死んだのですか。」

「いいえ、それなり、いくんちたってもかわりはなかったのです。と、ある日わたしは町中《まちなか》でQとばったりであいました。Qはどうしたのか、ただぼうしをとって、にこりとわらったまま、なんにもいわないでいってしまいました。それからいくんちかたって、ひょいとわたしのところへやってきて、ぼくはアメリカへいくよ、おわかれだといって、かたく握手《あくしゅ》をしました。」

「それはいつのことです。」

「もう二、三年まえのことです。むこうへいってからはじめのうち月二回ぐらい手紙をくれました。それから月一回になり、四月《よつき》に一ど、半年目に一どというふうにだんだん手紙のきかたがすくなくなって、とうとう年に一どぐらいしかこなくなったんですが、そうしているうちにゆうべひょこりとわたしのねているまくらもとへあらわれたのです。きっと死んだんですね、そのゆうれいでしょうね。」

「へえ。」とわたしは、ぐっと、つばきをのみこんで聞きました。

「とてもゆうれいとは思われないくらい、はっきりした姿《すがた》なんです。ひどくこまったような顔をしてなんだか手まねでいうのですが、その意味がさっぱりわからないんです。そのうちにQは、しきりにズボンのポケットをひっくりかえしてみせるのです。どうもわけがわからないので、だまって考えていると、Qは、じれったそうにむねのポケットからえんぴつをだして、手帖《ちょう》のはしへなにかかきつけて、それをちぎってわたしのベッドのはしへおいて、ぷいと消えてしまったんです。」

「へえ。朝見ても、やはりその紙きれがありましたか。」

「ちゃんとありました。ほ、おしいことをした。ついどこかへなくしてしまいました。鉛筆《えんぴつ》で、二十円、あすの晩《ばん》までに、と書いてあるのです。どういう意味なのでしょう。」と六呂木《むろぎ》氏は、いまだにわからないというように、首をかしげています。

「そのQという人は死ぬまえによほど金にこまっていたのじゃないですか。」とわたしはいいました。

「それはわかりません。こまっていたかもしれませんね。」

「だから、つまり、二十円あなたにかしてくれという意味なのでしょう。」というと、六呂木氏は手をうって、

「な、なあるほど。あなたは頭がいい。そうだ。そうですか。」と六呂木氏はよろこんでいいました。

「では、今夜、ベッドのはしへ二十円のお金をおいといてみるんですね。その金があすの朝なくなっていたら、Qが夜中にきてとっていったわけになるんですからね。」とわたしはいいました。

「さよう。」と六呂木氏は声をおとしました。

「とてもすばらしい実験《じっけん》じゃあありませんか。」

「しかし、わたしはびんぼうで二十円という金なんかありゃしません。ざんねんですが、しかたがありません。」と六呂木氏《むろぎし》はきゅうにしずんでこういいました。

「その金はわたしがだしますよ。わずかのことでこんないい実験をしはずしてはおしいです。これを使ってください。」とわたしは、さっそく、がまぐちから十円札《さつ》を二枚《まい》だしてわたしました。ちょうど月給《げっきゅう》をもらったときでさいわいだったとわたしは心の中でこう思いました。

「じゃあ使わせてもらいます。そして、ともかく今夜十時ごろに、ちょっと来てくださいませんか。二人で金をおくべきところへおいて、あなたに電灯《でんとう》を消してもらって、わたしはそのまねむりましょう。」

「じゃあいちおう家へかえってでなおしますから。」と、わたしはむねをわくわくさせながら、いそいで家へかえりました。そして夜の九時をまちかねてとびだし、十時かっきりに六呂木氏の部屋《へや》へいきました。すると六呂木氏は、

「あまりねむいので、おさきにねどこへはいりました。それではあすこにある二十円を、あなたのいいとお思いになるところへおいて、しつれいですが電灯をひねって消してくださいませ

んか。」といいます。わたしは、札《さつ》二枚を六呂木氏《むろぎし》の足のよこの毛布《もうふ》の上へおいて、ではおやすみなさいと、電灯《でんとう》を消してかえってきました。

わたしはその晩《ばん》、今夜、**Q**が来て、うまく持っていってくれるかどうかとそればかり考えてねつかれませんでした。

あくる朝、わたしは、おきてゆうべどうなったかしらと思い思い顔をあらっているところへ、六呂木氏《むろぎし》がたずねてきました。

「どうでした。」

「いや、すてきです。けさおきてみますとお金がありません。Qが来てもっていったのです。あんまりよくいったので、とんで報告《ほうこく》にまいったのです。」

「ほう、それはゆかいですね。」とわたしはのり気になりました。

「どうです。もう一度やってみますか。」

「でも、もう来るか来ないかわかりませんよ。」

「だからためしてみるんですね。」

「やってみましょうか。」

「これをおもちください。」といってわたしは十円札《さつ》二枚《まい》をまたわたしました。こんなめずらしい実験《じっけん》はめったにできはしません。

その晩《ばん》は六呂木氏からなんの報告《ほうこく》もありませんでした。たぶんQが来なかったのだろうと、わたしは失望《しつぼう》しながらねむりました。と、そのあくる晩、もうそろそろねようかというじぶんに、けたたましい電話のベルがなりました。でてみると六呂木氏《むろぎし》です。

「すぐいらしってください。いまQが来てお金をとってまたなにか紙ぎれへかいています。はっきり姿《すがた》が見えます。はやく来てください。はやく。」と六呂木氏は息をはずませていいました。

わたしはすぐに自動車でかけつけました。六呂木氏は、ざんねんそうに、

「たったいままでいたんですが、ちょっ、おしいことをしました。たった二、三分ばかりのちがいで消えてしまいました。ひどくかなしそうな顔をしていました。なんだかくしゃくしゃかいていきましたが、これごらんなさい。円という字のほか、なんにも読めません。」

わたしは、鉛筆《えんぴつ》で、かすれがすれにかいてあるその紙ぎれを見ながら考えて、

「また二十円ほしいというんでしょうね。」

「そうでしょうか。」

「もういっぺんためしてごらんなさい。」

「そうですね。」

「なに、金はここに持っています。」とわたしは二十円またわたししました。あくる朝になりますと、六呂木氏がはやく電話をかけて、

「成功です。またちゃんとなくなっています。」と、うれしそうに知らせてくれました。それからとうとう二か月にわたって十回以上も実験《じっけん》をしました。わたしには銀行にすこし金があったので、ひきだしてはどんどんわたしました。いつもうまくいきます。六呂木《むろぎ》氏はたんびに電話で報告《ほうこく》してくれました。

わたしはこのすばらしい実験を世の中の人に発表したくてたまりませんでした。ゆうれいなぞがいるものかといってすましている人たちに、この話を聞かせたらどんなにびっくりするでしょう。わたしは六呂木氏に、しきりとそういったのですが、六呂木氏は、そんなことをして世間でわいわいいうようになるとQが来なくなるかもしれない、それでは実験がもうできなくなるといって反対します。それもむりからぬ話です。

わたしたちはまた一か月間十回ばかりためしました。いつも成功ばかりです。とある日の午後、六呂木氏はわたしのつとめさきへ息《いき》をはずませてかけつけてきました。

「じつはいま、Qが来ました。ひる日中に来たのです。どうしたわけか、ひじょうにあわてていて、壁《かべ》やゆかの上へ、むやみやたらに円、円、円とかきちらして、ぴょいと消えてしまったのです。よほどまとまった金がほしいんでしょう。わたしはQのそのこまったようすが目をはなれません。かわいそうでたまらないのでどうかしてやりたいと思うんですが、こんどというこんどは、まとまって何百円という金がいるらしいので、もうあなたにはいえないし、どうしたらいいかと、こまっているのです。」

「なに、実験《じっけん》のためです。わたしの貯金《ちょきん》がまだ五百円銀行にあります。これから給仕《きゅうじ》にとりにやって、わたしがかえりにおとどけします。かえって、待《ま》っていてください。」とわたしはいいました。じつは六呂木《むろぎ》氏《し》もびんぼうだとはいえ、まさかのときのために、六百円ばかり貯金していたのを、いま、だしてきたところだそうで、それもあわせて、Qにわたすのだといっていました。

わたしは会社がひけるとすぐに、六呂木氏のところへでかけました。お金をわたすと六呂木氏は、なみだぐんでまでよろこんで、ありがとうありがとうと、かたく、手をにぎりしめました。わたしは、どうか、あすの朝はやく結果をしらしてくださいといってかえりました。

あくる日は日曜でした。わたしははやくから目をさまして待っていましたが、六呂木氏からはなかなか電話がかかりません。九時、十時、十一時になってもなんともさたがありません。わたしはもう待ちきれなくなって六呂木氏のところへでかけました。

ところが六呂木氏《むろぎし》はおりません。間《ま》をかしているおばあさんに聞くと、ゆうべおそくでかけたきり、まだかえらないのだということでした。おばあさんには四月分《よつきぶん》も部屋代《へやだい》をためており、近所の食堂《しょくどう》やいろいろのところにだいぶ借《か》りもあるらしいので、こんなにかえらないとなると、みんなのめいわくはたいへんですがと、おばあさんはいいました。

その借りというのも、Qについての実験《じっけん》に金をつかったからです。六呂木氏は、そんな借金《しゃっきん》をふみたおすような人ではありません。どういうわけでゆうべからかえらないのか、ひょっとすると、ゆうれいにつれていかれたのではなかろうかと、わたしはひとり心配しながら家へかえりました。あくる日、会社のかえりによってみましたが、まだかえっていませんでした。

そのあくる日もまたあくる日もたずねてみましたがおりません。とうとういまもってかえって来ないのです。

ふしぎでたまりません。あの人のよい六呂木氏がいなくなったのが、さびしいばかりでなく、せっかく、つづけてきた実験が、もうできなくなってしまったのです。これが、なによりざんねんでたまりません。

（おわり）

ちゃわんの湯《ゆ》

寺田《てらだ》寅彦《とらひこ》

ここにちゃわんが一つあります。中には熱《あつ》い湯《ゆ》がいっぱいはいっております。ただそれだけではなんのおもしろみもなくふしぎもないようですが、よく気をつけて見ていると、だんだんにいろいろの微細《びさい》なことが目につき、さまざまの疑問《ぎもん》が起こってくるはずです。ただ一ぱいのこの湯でも、自然の現象《げんしょう》を観察《かんさつ》し研究することのすきな人には、なかなかおもしろい見ものです。

第一に、湯の面からは白い湯気《ゆげ》が立っています。これはいうまでもなく、熱い水蒸気《すいじょうき》が冷《ひ》えて、小さな滴《しずく》になったのが無数にむらがっているので、ちょうど雲や霧《きり》とおなじようなものです。このちゃわんを、えんがわの日なたへ持ちだして、日光を湯気にあて、むこうがわに黒いきれでもおいてすかしてみると、滴《しずく》の、粒《つぶ》の大きいのはちらちらと目に見えます。場合により、粒があまり大きくないときには、日光にすかしてみると、湯気の中に、にじのような、赤や青の色がついています。これは白い薄雲《うすぐも》が月にかかったときに見えるのと似《に》たようなものです。この色についてはお話することがどっさりありますが、それはまたいつか別のときにしましょう。

すべてまったく透明《とうめい》なガス体の蒸気《じょうき》が滴になるさいには、かならずなにかその滴の芯《しん》になるものがあって、そのまわりに蒸気がこごってくっつくので、もしそういう芯がなかったら、霧《きり》はよういにできないということが学者の研究でわかってきました。その芯になるものは通例《つうれい》、顕微鏡《けんびきょう》でも見えないほどの、ひじょうに細かいごみのようなものです。空気中にはそれが自然にたくさん浮遊《ふゆう》しているのです。空中にうかんでいた雲が消えてしまったあとには、いまいったごみのようなものばかりがのこっていて、飛行機などで横からすかして見ると、ちょうど煙《けむり》がひろがっているように見えるそうです。

ちゃわんからあがる湯気をよく見ると、湯が熱いかぬるいかが、おおよそわかります。しめきった部屋で、人の動きまわらないときだとことによくわかります。熱《あつ》い湯《ゆ》ですと湯気《ゆげ》の温度が高くて、周囲《しゅうい》の空気にくらべてよけいにかるいために、どんどんさかんに立ちのぼります。反対に湯がぬるいと勢いが弱いわけです。湯の温度をはかる寒暖計《かんだんけい》があるなら、いろいろ自分でためしてみるとおもしろいでしょう。もちろんこれは、まわりの空気の温度によってもちがいますが、おおよその見当はわかるだろうと思います。

つぎに湯気があるときにはいろいろのうずができます。これがまたよく見ているとなかなかおもしろいものです。線香《せんこう》の煙《けむり》でもなんでも、煙のでるところからいくらかの高さまではまっすぐあがりますが、それ以上は煙がゆらゆらして、いくつものうずになり、それがだんだんにひろがりいりみだれて、しまいに見えなくなってしまいます。ちゃわんの湯気などの場合だと、もうちゃわんのすぐ上から大きなうずができて、それが、かなりはやくまわりながらのぼっていきます。

これとよく似《に》たうずで、もっと大きなのが庭の上などにできることがあります。春さきなどのぽかぽか暖《あたた》かい日には、前日雨でもふって土のしめっているところへ日光があたって、そこから白い湯気が立つことがよくあります。そういうときによく気をつけて見ていてごらんなさい。湯気は、縁《えん》の下やかきねのすきまから冷たい風がふきこむたびに、横になびいてはまた立ちのぼります。そしてときどき大きなうずができ、それがちょうどたつまきのようなものになって、地面から何尺《なんじゃく》もある、高い柱の形になり、ひじょうな速《はや》さで回転《かいてん》するのを見ることがあるでしょう。

ちゃわんの上や、庭先で起こるうずのようなもので、もっと大じかけなものがあります。それは雷雨《らいう》のときに空中に起こっている大きなうずです。陸地の上のどこかの一地方が日光のために特別にあたためられると、そこだけは、地面から蒸発《じょうはつ》する水蒸気《すいじょうき》がとくに多くなります。そういう地方のそばに、わりあいに冷たい空気におおわれた地方がありますと、まえにいった地方の、あたたかい空気があがっていくあとへ、いれかわりにまわりの冷たい空気が下からふきこんできて、大きなうずができます。そして雹《ひょう》がふったり雷《かみなり》が鳴《な》ったりします。

これはちゃわんの場合にくらべるとしかけがずっと大きくて、うずの高さも一里とか二里とかいうのですから、そういう、いろいろなかわったことが起こるのですが、しかしまた見かたによっては、ちゃわんの湯とこうした雷雨《らいう》とはよほどよく似たものと思ってもさしつかえありません。

もっとも、雷雨《らいう》のできかたは、いまいったような場合ばかりでなく、だいぶもようのちがったのもありますから、どれもこれも、みんなちゃわんの湯《ゆ》にくらべるのはむりですが、ただ、ちょっと見ただけではまるで関係のないようなことがらが、原理《げんり》の上からは、おたがいによく似《に》たものに見えるという一つの例に、雷《かみなり》をあげてみたのです。

湯気のお話はこのくらいにして、こんどは湯のほうを見ることにしましょう。

白いちゃわんにはいっている湯は、日かげで見ては、べつにかわったもようもなにもありませんが、それを日向《ひなた》へ持ちだして、直接に日光をあて、ちゃわんの底をよく見てごらんなさい。そこにはみょうなゆらゆらした光った線や、うすぐらい線が、不規則《ふきそく》なもようのようになって、それがゆるやかに動いているのに気がつくでしょう。これは夜電灯《でんとう》の光をあてて見ると、もっとよくあざやかに見えます。夕食のおぜんの上でもやれますからよく見てごらんなさい。それもお湯がなるべく熱いほどもようがはっきりします。

つぎに、ちゃわんのお湯がだんだんに冷えるのは、湯の表面のちゃわんの周囲から熱がにげるためだと思っていいのです。もし表面にちゃんとふたでもしておけば、冷やされるのはおもにまわりのちゃわんにふれた部分だけになります。そうなると、ちゃわんに接《せつ》したところでは湯は冷えて重くなり、下のほうへ流れて底のほうへむかって動きます。その反対に、ちゃわんのまんなかのほうでは、ぎゃくに上のほうへのぼって、表面からは外側にむかって流れる、だいたいそういうふうな循環《じゅんかん》が起こります。よく理科の書物なぞにある、ビーカーの底をアルコール・ランプで熱したときの水の流れとおなじようなものになるわけです。これは湯の中にうかんでいる、小さな糸くずなぞの動くのを見ていても、いくらかわかるはずです。

しかしちゃわんの湯を、ふたもしないでおいた場合には、湯の表面からも冷えます。そしてその冷《ひ》えかたがどこもおなじではないので、ところどころ特別に冷《つめ》たい、むらができます。そういう部分からは、冷えた水が下へおりる、そのまわりのわりあいに熱い表面の水がそのあとへむかって流れる、それが、おりた水のあとへとどく時分には冷えてまたそこからおりる。こんなふうにして湯の表面には水のおりているところとのぼっているところとがほうぼうにできます。したがって湯の中までも、熱《あつ》いところと、わりあいにぬるいところがいろいろにいりみだれてできてきます。これに日光をあてると熱いところと冷たいところとのさかいで光がまがるまでに、その光が一様にならず、むらになってちゃわんの底《そこ》を照《て》らします。そのために、さきにいったようなもようが見えるのです。

日のあたったかべや屋根をすかしてみると、ちらちらしたものが見えることがあります。あの「かげろう」というものも、このちゃわんの底のもようとおなじようなものです。「かげろう」が立つのは、かべや屋根が熱せられると、それに接《せつ》した空気が熱くなって、膨脹《ぼうちょう》してのぼる、そのときにできる気流のむらが光をおりまげるためなのです。

このような水や空気のむらをひじょうに鮮明《せんめい》に見えるようにくふうすることができます。その方法を使って鉄砲《てっぽう》の弾《たま》が空中を飛んでいるときに、前面の空気をおしつけているありさまや、弾《たま》のあとにうずまきを起こしてすすんでいるようすを写真にとることもできるし、また飛行機のプロペラーが空気を切っているもようを調べたり、そのほかいろいろのおもしろい研究をすることができます。

ちかごろはまたそういう方法で、望遠鏡《ぼうえんきょう》を使って空中の高いところの空気のむらを調べようとしている学者もいたようです。

つぎには熱いちゃわんの湯の表面を日光にすかして見ると、湯の面に、虹《にじ》の色のついた霧《きり》のようなものが一皮《ひとかわ》かぶさっており、それがちょうど、ひびわれのように縦横《たてよこ》にやぶれて、そこだけが透明《とうめい》に見えます。このふしぎなもようがなんであるかということは、わたしの調べたところでは、まだあまりよくわかっていないらしい。しかしそれもまえの温度のむらとなにか関係のあることだけはたしかでしょう。

湯が冷《ひ》えるときにできる熱い冷《つめ》たいむらがどうなるかということは、ただちゃわんのときだけの問題ではなく、たとえば湖水《こすい》や海の水が、冬になって表面から冷えていくときにはどんな流れが起こるかというようなことにも関係してきます。そうなるといろいろの実用上の問題と縁《えん》がつながってきます。

地面の空気が日光のために暖《あたた》められてできるときのむらは、飛行家にとっては非常に危険《きけん》なものです。いわゆる突風《とっぷう》なるものがそれです。たとえば森と畑地とのさかいのようなところですと、畑のほうが、森よりも日光のためによけいに暖められるので、畑では空気がのぼり森ではくだっています。それで畑の上から飛んできて森の上へかかると、飛行機は自然と下のほうへおしおろされるかたむきがあります。これがあまりにはげしくなると危険になるのです。

これとおなじような気流の循環《じゅんかん》が、もっと大じかけに陸地と海とのあいだにおこなわれております。それはいわゆる海陸風《かいりくふう》とよばれているもので、昼間は海から陸へ、夜は反対に陸から海へふきます。すこし高いところでは反対の風がふいています。

これとおなじようなことが、山の頂《いただき》と谷とのあいだにあって山谷風《さんこくふう》と名づけられています。これがもういっそう大じかけになって、たとえばアジア大陸と太平洋とのあいだに起こるとそれがいわゆる季節風《モンスーン》で、われわれが冬期に受ける北西の風と、夏期の南がかった風になるのです。

ちゃわんの湯のお話は、すればまだいくらでもありますが、こんどはこれくらいにしておきましょう。

（おわり）

くらら咲《さ》くころ

――多胡羊歯《たこしだ》

すこし風あるほこり道、
くららの花が咲《さ》いていた。

くもっているけど雨のない、
日よりつづきのきのうきょう。

さびしい村にひびいてる、
あれは水あげ発動機《はつどうき》。

脂《やに》のにじんだ杉並木《すぎなみき》、
あしまに水鳥、きいとなく。
旅商人《たびあきんど》は荷《に》をしょって、
くらの花を見ていった。

くまと車掌《しゃしょう》

木《き》内《うち》高音《たかね》

わたくしは、尋常科《じんじょうか》の四年を卒業《そつぎょう》するまで、北海道《ほっかいどう》におりました。そのころは、尋常科《じんじょうか》は四年までしかありませんでしたから、わたくしは北海道で尋常小学《じんじょうしょうがく》を卒業したわけです。いまから、ざっと二十年前（明治時代後期）になります。いまでは小学校の読本《とくほん》は日本中どこへいってもおなじのを使っておりますが、その当時は北海道用という、とくべつのがあって、わたくしたちは、それをならったものです。茶色《ちゃいろ》の表紙に青いとじ糸を使い、中の紙も日本紙で片面《かためん》だけに字をすったのを二つ折《おり》にしてかさねとじた純《じゅん》日本式の読本でした。その中には、内地《ないち》の人の知らない、北海道だけのお話がだいぶのっていたようです。（わたくしたちは、本州《ほんしゅう》のことを内地《ないち》内地と、なつかしがって、よんでいました。）たとえば、くまが、納屋《なや》へしのびこんで、かずのこのほしたのを腹《はら》いっぱいに食べ、のどがかわいたので川の水を飲むと、さあたいへんです。お腹《なか》の中で、かずのこが水をすってうんとふえたからたまりません。くまは、とうとう胃《い》が破裂《はれつ》して死んでしまったというようなお話ものっていました。干《ほ》しかずのこがどんなに水へつけるとふえるものかは、お母さまがたにお聞きになればよくわかります。——わたくしは、また、もうひとつの読本《とくほん》の中にあったくまの絵をありありと思い出すことができます。それは大きなくまが後足《あとあし》で立って、木の枝《えだ》にさけをたくさんに通したのをかついでゆくところです。さけが川へのぼってくるころになりますと、川はさけでいっぱいになり、さけはおたがいに身動きもできないくらいになることがあるのだそうです。そういうときをねらって、くまは、川の岸にでて、つめにひっかけては、さけをほしいだけ取ります。それから、木の枝をおって、さけのあごへ通し、それをかついで穴《あな》へかえろうとするのですが、さすがのくまも、そこまでは気がつかないとみえ、枝のさきをとめておかないものですから、さけは、道々《みちみち》、ひとつずり落ち二つ落ちして、ようやく穴へかえったころには、枝には一ぴきものこっていない。そうしたくまの歩いたあとへ通りかかった人こそしあわせで、くまの落としたさけをひろい集めさえすれば大漁《たいりょう》になるというお話でした。

　こんなふうですから、ふだんでもくまの話は、よく耳にしました。きょうは郵便配達《ゆうびんはいたつ》が、くまにであってあぶないところだったとか、どこどこへくまがふいにでて、かい馬をただ一《ひと》うちになぐり殺したとか、そういった話をたびたび聞きました。家の父は、新しく鉄道を敷《し》くために、山の中を測量《そくりょう》に歩いていましたのでそのたんびアイヌ人を道案内にたのんでいました。アイヌ人は、そんな縁故《えんこ》から、くまの肉《にく》を、よく、わたくしの家へ持ってきてくれたものでした。北海道《ほっかいどう》とくまといえば、こんなにも、縁故がふかいのです。しかし、かずのこを食べすぎたり、さけを落としてあるいたり、猛獣《もうじゅう》ながら、どことなく、くまにはこっけいなかわいいところがあるではありませんか。

　さて、つぎに、わたしがお話しようと思うのは、北海道にはじめて鉄道ができたころのことで、いまから、ざっと四十年もまえ編集注（明治時代中期）になりましょうか、その当時、まだ二十代の青年で、あの石狩平野《いしかりへいや》を走る列車《れっしゃ》に車掌《しゃしょう》として乗りこんでいたおじから聞いた話なのです。

以下、わたしとか自分とかいうのは、おじのことです。

――なにしろ、そのころの鉄道といったら、人の足あとどころか、北海道名物《ほっかいどうめいぶつ》のからすさえも姿《すがた》を見せぬような原野を切り開いて通したのだから、そのさびしさといったらなかった。さびしいどころではない。すごいといおうかなんといおうか、行っても行っても、両側《りょうがわ》には人間の背《せ》よりも高いあしやかやがびっしりとはえしげっているばかりで人間くさいものなんか一つもありはしない。まったく夕方なんぞ、列車の車掌室《しゃしょうしつ》から、一人ぼっちで外をながめていると泣きたくも泣けないような気持だった。そういうときには、河《かわ》のそばへさしかかって、水音を聞くだけでもうれしかった。――くまなども、はじめは、汽車を見ると、みょうなけものがやってきたぐらいに思ったらしい。機関車《きかんしゃ》のまえへのこのこ出てきてにげようともしないので、汽笛《きてき》をピイピイならしてやっとおいはらったというような話もあった。

さて、わたしが、くまと、列車の中で大格闘《だいかくとう》をしたという話も、まあ、そんな時分のことなのだ。

秋のことだった。終点《しゅうてん》のI駅《アイえき》から出る最終の混合列車《こんごうれっしゃ》に後部車掌《こうぶしゃしょう》をつとめることになったわたしは、列車《れっしゃ》のいちばんうしろの貨車《かしゃ》についた三尺《じゃく》ばかりしかない制動室《せいどうしつ》に乗りこんだ。制動室というのはブレーキがあるからいうので、車掌室のことだ。自分は、そこのかたいこしかけへ腰《こし》をおろすと、うすぐらいシグナル・ランプを、たよりに、かたい鉛筆《えんぴつ》をなめなめ、日記をつけた。つぎの停車駅《ていしゃえき》までは、やく一時間もかかる、全線でいちばん長い丁場《ちょうば》だった。日記をつけてしまうと、することもなくなったので、窓《まど》からくらい外をとおして見た。黒い立木が、かすかに夜の空にすけて見えて、ときどき機関車《きかんしゃ》のはく火の子が、赤い線をえがいて高く低く飛びさる。風のかげんで、機関《きかん》のザッザッポッポッという音が、遠くなったり近くなったりする。全線中でいちばん危険《きけん》な場所になっている急勾配《きゅうこうばい》のカーブにさしかかるにはまだだいぶ間があるので、わたしは、安心してまた腰をおろすと、いろいろと内地の家のことなどを思い出して、しみじみとした気持になっていた。――ふと、顔をあげてみると、貨車《かしゃ》とのしきりにはまったガラス窓に、人間の顔がぼんやりとうつっている。わたしは、それが、自分の顔だということは知っていながら、なんだか友だちでもできたようなにぎやかな気持になって、しきりにぼうしのひさしをあげたりさげたり、目をいからしてみたり口をまげてみたりして一人興《きょう》がっていた。しまいには、シグナル・ランプを顔のまえにつきだしてみたりした。(その当時は、客車にさえ、うすぐらい魚油灯《ぎょゆとう》をつけたもので、車掌室《しゃしょうしつ》はただ車掌《しゃしょう》の持つシグナル・ランプで照らされるばかりであった。そのほかに、ろうそくを不時《ふじ》の用意に、いつも持ってはいたが)

で、シグナル・ランプを顔のそばへ持ってきて見ると、自分の顔は、くらいガラスのなかに、くっきりとうかびだすようにうつって見えた。と、自分は、鼻《はな》の頭に、煤煙《ばいえん》であろう、黒いものがべっとりとついているのを見つけて苦笑《くしょう》した。指のさきにつばをつけて、鼻の頭をこすりながら、わたしは、いままで自分の顔にむけていたランプをくるりとむこうへまわすと、ガラスにうつっていた自分の影《かげ》は消えてサーチライトのような稲妻《いなづま》形《がた》の光が、さっと、ガラス窓を通して、貨車《かしゃ》の内部へさしこんだ。その貨車にはちょうど、石狩川《いしかりがわ》で取れたさけがつみこんであったので、自分は、キラキラと銀色に光るうろこの山を予想《よそう》したのだったが、ランプの光は、ただ、ぼんやりとやみの中にとけこんでしまって、なんにも見えない。おかしいなと思ったので、自分は、立ちあがってガラス窓に鼻をつけるようにしてのぞきこむと、おどろいた、さけの山は、らんざつに取りくずされ、ふみにじりでもしたようにめちゃめちゃになっているのだ。さけがぬすまれるということは、その季節にはよくあったことなので自分は、さけどろぼうが、貨車の中まであらしたのかと思うと、思わず、むっとして、てあらく、しきりの車戸《くるまど》をひき開けて、足をふみこんだ。もちろんまだどろぼうが貨車の中にぐずついていようとは思わなかったけれど、用心のために、そばにあった信号旗《しんごうき》のまいたのを、右手に持ち、左手にランプを高くさしあげて、用心ぶかくすすんだ。

車の動揺《どうよう》のために、ともすると、よろけそうになるのを、じっとふみこたえてランプをかたすみにさしつけると、大きな大入道《おおにゅうどう》のような影法師《かげぼうし》がうしろの板壁《いたかべ》にいっぱいにうつった。ぎょっとして、目を見はるとふいに、すみのほうでピカッと光ったものがある。自分は瞬間《しゅんかん》、ぞうっとして、立ちすくんでしまった。光りものは二つ。ランプの光を受けて、らんらんとかがやき、ぐるぐるとほのおのようにうずまいている。

「くまだ!」

そう気がつくと自分はかえって一時おちついたくらいであった。どうしてくまなぞがはいりこんだものか、そんな疑問《ぎもん》をいだく余裕《よゆう》もなく、自分は、ランプを持った手を、ぐいと、くまのほうにさしだして、一歩しりぞいて身がまえた。くまは、火をおそれるということをとっさのあいだにも、思い出したものとみえる。

「ううううう……。」

くまも不意《ふい》をうたれておどろいたらしく、低いうなり声をあげながら、じりじりとしりごみをしはじめた。

「このすきににげなければ……。」

ふっと、気がついて、ランプをさしつけたまま、あとずさりにしりぞきはじめると、そのひょうしに、ひどく車がゆれて、自分は足もとのさけに足をふみすべらして、ドシンとよこだおしに投げだされてしまった。くまも、それといっしょに、いやっというほど、大きな体を壁板《かべいた》にぶっつけたらしく、はげしくおこっていっそうものすごいうなり声をたてた。自分は、あわてて、取り落したランプをひろい立ちなおった。しあわせにもランプは消えなかったが、それといっしょに自分は、列車がれいの急勾配《きゅうこうばい》にさしかかろうとしているなと感じて、ひやりとした。自分は、ブレーキをまかなければならないのだ。

あとずさりをして、羽目板《はめいた》にぶつかってしまったくまは、のがれ道のないことをさとったものかすごい形相《ぎょうそう》をし、きばをむきだして飛びかかりそうな身がまえをした。自分は、むちゅうでランプをさしつけたまま、あとずさりに戸口へ近づき、旗《はた》を持っていたほうの手をうしろへまわして戸口をさぐってみると、ぎくっとした。いつのまにか戸はしまっているではないか。いまの列車の動揺《どうよう》のために、ひとりでにしまったのにそういない。開けようと、あせっても、なにしろまえにくまをひかえて、片手をうしろにまわしての仕事だからこまった。くまはいよいよきばをむきだし、いまにも飛びかかろうという気勢《きせい》をみせている。

「いつものところでブレーキをかけることをおこたったら、列車《れっしゃ》は脱線《だっせん》するかもわからない。けわしい崖《がけ》の中腹《ちゅうふく》を走っている列車は、それとどうじに数十尺《しゃく》の下に岩をかんで流れている激流《げきりゅう》についらくするよりほかはない。」

そう思うと、自分は、もうじっとしていられなかった。おそろしさもわすれて、いきなり、さけをひろいあげると、それをくまのほうに投げつけておいて、そのひまに戸を開けようとあせった。

「うわう……。」

ものすごいさけび声が列車の騒音《そうおん》にもまぎれずに、ひびきわたった。ガタピシとひっかかって戸は動こうともせぬ。自分は、ふりかえりざま、また、気ちがいのようにランプをふりまわした。くまは、後足《あとあし》で立ちあがったまま赤いランプの光におびえてか、つめをとぐねこのように、バリバリとそばの羽目板《はめいた》につめを立てた。

一息《ひといき》ついた自分は、とっさに戸の上部《じょうぶ》のガラス窓をやぶろうと考えた。いきなり、うしろをふりむくと、手にした旗《はた》の棒《ぼう》でガラスをつきくだいた。ガラガラとガラスの破片《はへん》の飛びちる音が気味わるくひびいた。どうじにくるいたったくまは一声高くうなると、自分をめがけて飛びかかってきた。あぶないところでむきなおった自分はむちゅうで、よこざまに体を投げだした。そのひょうしに、シグナル・ランプは、ガチャンとはげしい音を立ててこわれてしまった。

なまぐさい、べとべととしたさけの中にはいつくばっている自分の、うしろのほうで、くまはううううとうなっている。さいわいに、くまのつめにはかからなかったが、自分は、たったーつののがれ道である窓口《まどぐち》をくまのために占領《せんりょう》されてしまったのである。

列車《れっしゃ》は、くまと自分とをまっくらやみの貨車《かしゃ》の中にとじこめたまま、なにも知らずに、どんどんと走っている。すこし速度《そくど》がゆるんできたようだ。自分は、また、ブレーキのことを思い出して、ぞっとした。

「うううううう。」

くまはきゅうにまた、ものすごいうなり声をたてはじめた。さて、どうしたら、自分は制動《せいどう》室《しつ》へもどることができるであろうか？

「うわう……。」と一声、すさまじいうなり声をあげたと思うと、いきなり飛びかかってきたくまの腹《はら》の下を、よこにくぐりぬけるように体を投げだしたので、あぶないところで、自分はくまのつめにかかることだけはのがれることができたのだが、さて、すこし気がおちついてくると、おそろしさと不安とが、まえの二倍《ばい》になって自分のむねにおしよせてきた。

たった一つののがれ道だと思った、ガラス窓は、くまの大きな体で、すっかりふさがれてしまったのだ。自分とくまは、さっきとはまったく、あべこべになったわけだ。自分は、まるでくまの檻《おり》へいれられたようなものだ。

さっきまでは、とにかくにげられそうな希望があった。窓へ両手をかけてさえしまえば、飛び越《こ》し台の要領《ようりよう》ででも、どうにか制動室《せいどうしつ》へ体をはこぶことができると思っていた。それがだめだとなると、自分はまったくもう、どうしていいのかわからなくなってしまった。自分の命があぶないばかりでなく、車掌《しやしよう》としての重大な任務《にんむ》をはたすことができない。非常信号機《ひじようしんごうき》?――そういうものがあればいいのだが、なにしろ、むかしの開通してまもなくの鉄道なのだから、そういう用意がまるでないのだ。

ともかく、じっとしてはいられないから、そろそろ体を起こしてみた。四つんばいになると、さっき投げだした、シグナル・ランプのこわれがジャリジャリと手のひらにさわる。なまぐさい魚のにおいにまじってこぼれた石油がプンと鼻《はな》をうつ。――なによりもだいじな、たった一

つの武器《ぶき》とも思っていたランプがメチャメチャになってしまったのである。

「自分はなにを持ってくまとたたかったらいいだろうか？」

そう思うと自分はまったく絶望《ぜつぼう》してしまった。——それでも自分は、ガラスのかけらで手を切らないように用心しながら、そろそろとあたりをかきさがしてみた。なんというあてもない、ただ自分は、むちゅうでそんなことをしていたのだ。

「うわう……。」

くまは、またうなり声をあげた。自分は、ぎょっとして、そちらを見すかしたが、まっくらやみの中で、よくは見えないが、くまは、戸口に前足をかけたまま、動かずにいるようだ。

自分は、その時、みょうなことを考えた。——いや、考えたことがらはみょうでもなんでもないのだが、そんな、せっぱつまった場合に、よくも、あんな、のんきなことを考え出したものだと、それがみょうなのだ。

それは、自分がいままでに聞いたくまについての、いろんなめずらしい話なのだ。そんなものが、つぎからつぎへと頭にうかんできた。

……そのうちの一つは、ふいに山の中でくまにでくわした人の話だった。そういうばあいに、死んだふりをするということはだれでも知っている。しかし、これは、それにしてもものすごい話だった。——その人は、やはり、どうすることもできず、しかたなしにたおれていきを殺していたのだそうである。くまが、頭のそばへきて、自分をかぎまわしているのが、はっきりとわかる。彼《かれ》は、まったく死んだようになって、心臓《しんぞう》の鼓動《こどう》までもとめるようにしていた。もっとも、そんなときにはかえって心臓《しんぞう》はドキドキとはげしく打ったことだろうが……。じょうだんはさておき、二分……三分……そのうちにくまのけはいがしなくなったように思われた。その男は、もういいだろうと思って、かすかにうす目をあけてみたのだそうだ。——その瞬間《しゅんかん》ザクンと一打ち、大きなくまの手が、彼の右のひたいから頭にかけてうちおろされた。男は、むちゅうでバネじかけのように飛びあがって、あとは、どうしたのか自分にはわからない。ともかくその男は、たすかったそうである。おおかた、くまも不意を打たれてびっくりしたのだろう。しかし、目をあいてみるまでの時間は、わずか一分か二分だったのだろうが、その男には、どんなに長く感じられたことだろう。

つい、話が横道《よこみち》にそれた。——しかし、くまといっしょに貨車《かしゃ》の中にとじこめられたまま、自分はまったく、そんな、人の話などを思い出していたのだからみょうではないか。

「ごーっ。」というひびきが、列車全体《れっしゃぜんたい》をつつむようにとどろきわたった。

「鉄橋《てっきょう》だ。」と思うと、自分はもうじっとしていられなかった。川をわたってから約二マイルのところがれいの難所《なんしょ》なのだ。機関士《きかんし》も、じゅうぶんに速度を落としはするが、後部《こうぶ》のブレーキは、どうしてもまかなければならないことになっている。が速度のついた列車が、機関車のブレーキ一つでささえきれないとなると、脱線《だっせん》か転覆《てんぷく》か……。わずか二、三両《りょう》ではあるが、混合《こんごう》列車《れっしゃ》のことなので客車《きゃくしゃ》も連結《れんけつ》されている。その乗客たちの運命は、まったく、自分一人の腕《うで》にあるといってよい。

自分は、足をふみしめて立ちあがった、と、ふいに明るい光が一すじ、目のまえを走って、くらい車内にななめの線を落としている。

「月だ……月の光だ！」

貨車《かしゃ》の横腹《よこはら》にある大きな板戸《いたど》の、すきまをもれていましがたあがったと思われる月がさしこんできたのであった。自分は、なんというわけもなくいさみたった。月の光をたどってみると、さけの山にかけられた、むしろが、二、三枚《まい》、足もとに落ちている。

「これだ。」自分は、とっさに思った。「火だ、火だ。」

自分は、あせりにあせって、ポケットのマッチをさがそうとした。ところが、どうしても手がポケットにはいらない。もどかしく思って、ぐっと手をおしこもうとすると、ポキリとおれたものがある。見ると、それはろうそくではないか。――さっき、ころんだひょうしにポケットから飛びだしたのを、むちゅうで、手さぐりにつかんでいたものとみえる。

二、三本いっしょにマッチをすると、自分はまずそれをろうそくにうつした。――やぶれたガラス窓へ片手をつっこんだまま中腰《ちゅうごし》に立っているくまの姿が、きゅうに明るく照らしだされた。にわかに火を見たくまの目は、ギロギロとくるいだしそうに光った。

自分は、むしろに火をつけた。メラメラと燃《も》えあがったと思うと、しめり気があると見えて、すぐに力なく消えそうになる。

くまは、低く長くうなりだした。それは、さっきまでのほえるような声とちがって、大敵《たいてき》にであったばあいに、たがいにすきをねらってにらみあっているような、ぶきみなものだった。

こっちの火勢《かせい》が弱ければ、いまにも飛びかかろうという気配《けはい》が見えた。

自分は、さっき石油がこぼれたと思えたあたりに足で、下に落ちているむしろをおしやり、手に持った一枚の燃《も》えかけたむしろを、たてのように体のまえにかざしながら、足さきで、むしろに石油をしみこませようと、ごしごしと下のむしろをふみつづけた。

くまは、まだうなりながら、自分をにらみすえている。

手に持っているむしろが消えないうちにと、手早く自分は、ゆかのむしろをひろいあげた。

石油がしみたのか、むしろがかわいていたのか、こんどは、いきおいよくいちじにパッと燃《も》えついた。この機会《きかい》をはずしてはと、自分は、もう、おそろしさもわすれて、──実は、おそろしさのあまりだが──燃えあがるむしろを、ちょうど、スペインの闘牛士《とうぎゅうし》が使う赤いハンケチのようにふりながらじりじりと前進した。

鼻《はな》さきで燃える火を見ては、くまもがまんができなかったのだろう、どしんと大きな音をひびかせて、うしろへ飛びのいた。

それといっしょにまた窓ガラスの落ちくだける音がした。くまと自分ははじめとおなじ位置にもどったわけだ。すみの壁板《かべいた》に背中をこすりつけて、立ったくまは、まるでまねきねこみたいなかっこうだった。（あとになってわかったことだが、くまは、ガラス窓に手をつっこんだひょうしに片手にけがをしたので、しぜんそんな手つきをしたのだ。）

その時、だしぬけに、汽笛《きてき》が、ヒョーとなった。くだりのカーブにかかる合図《あいず》なのだ。

自分でも、よく、それが、耳にはいったと思う。――自分は、なにもかもわすれて、うしろの窓ガラスへ上半身《じょうはんしん》をつっこんだ。

しかし、どうしても足がぬけない。死にものぐるいでもがいているうちに、さいわいに、手が、ブレーキのハンドルにかかった。

自分は、宙《ちゅう》にぶらさがったままで力をこめてハンドルをまわした。

……それから、あとのことは自分はなんにもおぼえていない。

すぐつぎの駅《えき》で、自分は腰《こし》から下にやけどをして、気絶《きぜつ》しているところをたすけられた。

ころんだときに、ズボンのうしろにしみこませた油に火がついたものらしいが、なるほど、しりっぺたを燃《も》やしていたのだから、くまも、よりつかなかったわけではないか。――ただ、このあいだ、二十分か三十分のことが、自分には実にじつに長いことに思われてならない。

くまは、わけなくいけどられた。始発駅《しはつえき》で、さけのつみこみを終わって、戸をしめるすきにはいりこんだものだろうが、なにしろ一人で汽車へ乗りこんだくまもめずらしいというので駅《えき》員《いん》たちがだいじに飼《か》っていたが二年あまりで死んでしまった。

（おわり）

夜店

――有賀《ありが》　連《れん》

とびうお
光る
波止場《はとば》に、

月夜に
とまる
商船《しょうせん》。

夜店《よみせ》の
小さな
あかりに、

金魚
かった
船長。

杜《と》子《し》春《しゅん》

芥川龍之介《あくたがわりゅうのすけ》

一

ある春の日暮《ひぐ》れです。

唐《とう》の都《みやこ》長安《ちょうあん》の西の門の下に、ぼんやり空をあおいでいる、一人の若者《わかもの》がありました。

若者は名を杜子春《とししゅん》といって、もとは金持ちのむすこでしたが、いまは財産《ざいさん》をつかいつくして、その日の暮《く》らしにもこまるくらい、あわれな身分《みぶん》になっているのです。

なにしろそのころ長安といえば、天下にならぶもののない、繁盛《はんじょう》をきわめた都ですから、往《おう》来《らい》にはまだしっきり《ママ》なく、人や車が通っていました。門いっぱいにあたっている、油のような夕日の光の中に、老人のかぶった紗《しゃ》のぼうしや、トルコの女の金の耳輪《みみわ》や、白馬にかざった色糸《いろいと》の手綱《たづな》が、たえず流れていくようすは、まるで絵のような美しさです。

しかし杜子春《とししゅん》はあいかわらず、門の壁《かべ》に身をもたせて、ぼんやり空ばかりながめていました。空には、もう細い月が、うらうらとなびいたかすみの中に、まるでつめのあとかと思うほど、かすかに白くうかんでいるのです。

「日は暮《く》れるし、腹《はら》はへるし、そのうえもうどこへいっても、とめてくれるところはなさそうだし――こんな思いをして生きているくらいなら、いっそ川へでも身をなげて、死んでしまったほうがましかもしれない。」

杜子春は一人さっきから、こんなとりとめもないことを思いめぐらしていたのです。

するとどこからやってきたか、とつぜん彼《かれ》のまえへ足をとめた、片目《かため》すがめの老人があります。それが夕日の光をあびて、大きな影《かげ》を門へ落とすと、じっと杜子春の顔を見ながら、

「おまえはなにを考えているのだ。」と、おうへいにことばをかけました。

「わたしですか。わたしは今夜寝《ね》るところもないので、どうしたものかと考えているのです。」

老人のたずねかたがきゅうでしたから、杜子春《とししゅん》はさすがに目をふせて、思わず正直《しょうじき》な答えをしました。

「そうか。それはかわいそうだな。」

老人はしばらくなにごとか考えているようでしたが、やがて、往来《おうらい》にさしている夕日の光を指さしながら、

「ではおれがいいことをひとつ教えてやろう。いまこの夕日の中へ立って、おまえの影《かげ》が地にうつったら、その頭にあたるところを夜中にほってみるがいい。きっと車にいっぱいの黄金《おうごん》がうまっているはずだから。」

「ほんとうですか。」

杜子春はおどろいて、ふせていた目をあげました。ところがさらにふしぎなことには、あの老人はどこへいったか、もうあたりにはそれらしい、影も形も見あたりません。そのかわり空の月の色は、まえよりもなお白くなって、休みない往来《おうらい》の人通りの上には、もう気のはやい、こうもりが舞《ま》っていました。

二

杜子春《とししゅん》は一日のうちに、長安《ちょうあん》の都でもただ一人という大金持ちになりました。あの老人のことばどおり、夕日に影《かげ》をうつしてみて、その頭にあたるところを、夜中にそっとほってみたら、大きな車にもあまるくらい、黄金《おうごん》が一山《ひとやま》でてきたのです。

大金持ちになった杜子春は、すぐにりっぱな家を買って、玄宗皇帝《げんそうこうてい》にもまけないくらい、ぜいたくな暮らしをしはじめました。蘭陵《らんりょう》の酒を買わせるやら、桂州《けいしゅう》の龍眼肉《りゅうがんにく》をとりよせるやら、日に四度《よたび》色のかわるぼたんを庭に植えさせるやら、白くじゃくを何羽《なんば》も放《はな》し飼《が》いにするやら、玉《ぎょく》を集めるやら、錦《にしき》をぬわせるやら、香木《こうぼく》の車をつくらせるやら、ぞうげのいすをあつらえるやら、そのぜいたくをいちいち書いていては、いつになってもこの話がおしまいにならないくらいです。

するとこういううわさを聞いて、いままでは道でいきあっても、あいさつさえしなかった友だちなどが、朝夕遊びにやってきました。それがまたそれも一日ごとに数がまして、半年ばかりたつうちには、長安の都に名を知られた、才子《さいし》や美人が多い中で、杜子春の家へ来ないものは、一人もないくらいになってしまったのです。杜子春《とししゅん》はこのお客たちを相手に、毎日酒盛《さかもり》を開きました。その酒盛のまたさかんなことは、なかなか口にはつくされません。ごくかいつまんだだけをお話しても、杜子春が金のさかずきに西洋から来たぶどう酒をくんで、天竺《てんじく》生まれの魔法使《まほうつか》いが刀《かたな》をのんでみせる芸《げい》に見とれていると、そのまわりには二十人の女たちが、十人はひすいのはすの花を、十人はめのうのぼたんの花を、いずれも髪《かみ》にかざりながら、ふえや琴《こと》を節《ふし》おもしろく奏《そう》しているという景色《けしき》なのです。

しかしいくら大金持ちでも、お金には際限《さいげん》がありますから、さすがにぜいたく屋の杜子春も、一年二年とたつうちには、だんだんびんぼうになりだしました。そうすると人間は薄情《はくじょう》なもので、きのうまでは毎日来た友だちも、きょうは門のまえを通ってさえ、あいさつ一つしていきません。ましてとうとう三年目の春、また杜子春がいぜんのとおり、一文無《もんな》しになってみると、広い長安《ちょうあん》の都の中にも、彼《かれ》に宿を貸そうという家は、一軒《けん》もなくなってしまいました。いや、宿を貸すどころか、いまでは碗《わん》に一ぱいの水もめぐんでくれるものはないのです。

そこで彼はある日の夕方、もう一度あの長安の西の門の下へいって、ぼんやり空をながめながら、とほうにくれて立っていました。すると昔のように、片目すがめの老人が、どこからか

姿をあらわして、

「おまえはなにを考えているのだ。」と、声をかけるではありませんか。

杜子春《とししゅん》は老人の顔を見ると、はずかしそうに下をむいたまま、しばらくは返事もしませんでした。が、老人はその日も親切そうに、おなじことばをくりかえしますから、こちらもまえとおなじように、

「わたしは今夜寝《ね》るところもないので、どうしたものかと考えているのです。」と、おそるおそる返事をしました。

「そうか。それはかわいそうだな。ではおれがいいことを一つ教えてやろう。いまこの夕日の中へ立って、おまえの影《かげ》が地にうつったら、そのむねにあたるところを、夜中にほってみるがいい。きっと車にいっぱいの黄金《おうごん》がうまっているはずだから。」

老人はこういったと思うと、こんどもまた人ごみの中へ、かきけすようにかくれてしまいました。

杜子春はそのよく日から、たちまち天下第一の大金持ちにかえりました。とどうじにあいかわらず、仕放題《しほうだい》なぜいたくをしはじめました。庭にさいているぼたんの花、そのなかに眠《ねむ》って

いる白くじゃく、それから刀《かたな》をのんでみせる、天竺《てんじく》からきた魔法使《まほうつか》い――すべてが昔のとおりなのです。

ですから車にいっぱいあった、あのおびただしい黄金《おうごん》も、また三年ばかりたつうちには、すっかりなくなってしまいました。

三

「おまえはなにを考えているのだ。」

片目すがめの老人は、三度杜子春《とししゅん》のまえへきて、おなじことを問いかけました。もちろん彼《かれ》はそのときも、長安《ちょうあん》の西の門の下に、ほそぼそとかすみをやぶっている三日月の光をながめながら、ぼんやりたたずんでいたのです。

「わたしですか。わたしは今夜寝《ね》るところもないので、どうしようかと思っているのです。」

「そうか。それはかわいそうだな。ではおれがいいことを教えてやろう。いまこの夕日の中へ立って、おまえの影《かげ》が地にうつったら、その腹《はら》にあたるところを、夜中にほってみるがいい。きっと車いっぱいの――。」

老人がここまでいいかけると、杜子春《とししゅん》はきゅうに手をあげて、このことばをさえぎりました。

「いや、お金はもういらないのです。」

「金はもういらない？　ははあ、ではぜいたくをするにはとうとうあきてしまったとみえるな。」

老人はいぶかしそうな目つきをしながら、じっと杜子春の顔を見つめました。

「なに、ぜいたくにあきたのじゃありません。人間というものにあいそがつきたのです。」

杜子春はふへいそうな顔をしながら、つっけんどんにこういいました。

「それはおもしろいな。どうしてまた人間にあいそがつきたのだ？」

「人間はみな薄情《はくじょう》です。わたしが大金持ちになったときには、世辞《せじ》も追従《ついしょう》もしますけれど、いったんびんぼうになってごらんなさい。やさしい顔さえもして見せはしません。そんなことを考えると、たとえもう一度大金持ちになったところが、なんにもならないような気がするのです。」

老人は杜子春のことばを聞くと、きゅうににやにやわらいだしました。

「そうか。いや、おまえは若《わか》いものにあわず、感心にもののわかる男だ。ではこれからはびんぼうをしても、やすらかに暮《く》らしていくつもりか。」

杜子春《とししゅん》はちょいとためらいました。が、すぐに思いきった調子《ちょうし》で目をあげると、うったえるように老人の顔を見ながら、

「それもいまのわたしにはできません。ですからわたしはあなたの弟子《でし》になって、仙術《せんじゅつ》の修業《しゅぎょう》をしたいと思うのです。いいえ、かくしてはいけません。あなたは道徳《どうとく》の高い仙人《せんにん》でしょう。仙人でなければ、一夜《ひとよ》のうちにわたしを天下第一の大金持ちにすることはできないはずです。どうかわたしの先生になって、ふしぎな仙術を教えてください。」

老人はまゆをひそめたまま、しばらくはだまって、なにごとか考えているようでしたが、やがてまたにっこりわらいながら、

「いかにもわしは峨眉山《がびさん》にすんでいる、鉄冠子《てっかんし》という仙人だ。はじめおまえの顔を見たとき、どこかものわかりがよさそうだったから、二度まで大金持ちにしてやったのだが、それほど仙人になりたければ、わしの弟子にとりたててやろう。」と、こころよく願《ねが》いをいれてくれました。

杜子春は喜んだの、喜ばないのではありません。老人のことばがまだ終わらないうちに、彼《かれ》は大地にひたいをつけて、なんども鉄冠子におじぎをしました。

「いや、そうお礼《れい》などはいってもらうまい。いくらわしの弟子《でし》にしたところが、りっぱな仙人《せんにん》になれるかなれないかは、おまえしだいできまることだからな。——が、ともかくもまずわしといっしょに、峨眉山《がびさん》の奥《おく》へ来てみるがいい。おお、さいわい、ここに竹づえが一本落ちている。ではさっそくこれへ乗って、一飛びに空をわたるとしよう。」

鉄冠子《てっかんし》はそこにあった青竹を一本ひろいあげると、口の中に呪文《じゅもん》をとなえながら、杜子春《とししゅん》といっしょにその竹へ、馬にでも乗るようにまたがりました。するとふしぎではありませんか。竹づえはたちまち龍《りゅう》のように、いきおいよく大空へまいあがって、晴れわたった春の夕空を峨《が》眉山《びさん》の方角へ飛んでいきました。

杜子春はきもをつぶしながら、おそるおそる下を見おろしました。が、下にはただ青い山々が夕明りの底に見えるばかりで、あの長安《ちょうあん》の都の西の門は、(とうにかすみにまぎれたのでしょう。)どこをさがしても見あたりません。そのうちに鉄冠子は、白いびんの毛を風にふかせて、高らかに歌をうたいだしました。

朝《あした》に北海《ほっかい》に遊び、暮《く》れには蒼梧《そうご》。
袖裏《しゅうり》の青蛇《せいじゃ》、胆気《たんき》粗《そ》なり。

三たび嶽陽《がくよう》に入《い》れども、人識《ひとし》らず。
朗吟《ろうぎん》して、飛過《ひが》す洞庭湖《どうていこ》。

四

二人を乗せた青竹は、まもなく峨眉山《がびさん》へまいさがりました。

そこはふかい谷にのぞんだ、はば広い一枚岩の上でしたが、よくよく高いところだとみえて、中空にたれた北斗《ほくと》の星が、ちゃわんほどの大きさに光っていました。もとより人跡《じんせき》のたえた山ですから、あたりはしんとしずまりかえって、やっと耳にはいるものは、うしろの絶壁《ぜっぺき》に生えている、まがりくねった一株《ひとかぶ》の松が、こうこうと夜風になる音だけです。

二人がこの岩の上へ来ると、鉄冠子《てっかんし》は杜子春《とししゅん》を絶壁《ぜっぺき》の下にすわらせて、

「わしはこれから天上へいって、西王母《さいおうぼ》にお目にかかってくるから、おまえはそのあいだここにすわって、わしのかえるのを待っているがいい。たぶんわしがいなくなると、いろいろな魔《ま》性《しょう》があらわれて、おまえをたぶらかそうとするだろうが、たといどんなことがおころうとも、けっして声をだすのではないぞ。もし一言でも口をきいたら、おまえはとうてい仙人《せんにん》にはなれ

ないものだとかくごをしろ。よいか。天地がさけても、だまっているのだぞ。」といいました。

「だいじょうぶです。けっして声なぞはだしはしません。命がなくなっても、だまっています。」

「そうか。それを聞いて、おれも安心した。ではおれはいってくるから。」

老人は杜子春《としいゅん》に別れをつげると、またあの竹づえにまたがって、夜目《よめ》にもけずったような山の空へ、一文字《いちもんじ》に消えてしまいました。

杜子春はたった一人、岩の上にすわったまま、しずかに星をながめていました。するとかれこれ半時《はんとき》ばかりたって、深山《しんざん》の空気が肌《はだ》寒くうすい着物《きもの》にとおりだしたころ、とつぜん空中に声があって、

「そこにいるのはなにものだ。」と、しかりつけるではありませんか。

しかし杜子春は仙人の教えどおり、なんとも返事をせずにいました。

ところがまたしばらくすると、やはりおなじ声がひびいて、

「返事をしないと、たちどころに、命はないものとかくごをしろ。」と、いかめしくおどしつけるのです。

杜子春《としゅん》はもちろんだまっていました。

と、どこから登《のぼ》ってきたか、らんらんと目を光らせたとらが一ぴき、こつぜんと岩の上におどりあがって、杜子春の姿をにらみながら、一声高くたけりました。のみならずそれとどうじに、頭の上の松の枝が、はげしくざわざわゆれたと思うと、うしろの絶壁《ぜっぺき》のいただきからは、四斗樽《としだる》ほどの白蛇《はくじゃ》が一ぴき、炎《ほのお》のような舌《した》をはいて、見る見る近くへおりてくるのです。

杜子春はしかしへいぜんと、まゆげも動かさずにすわっていました。

とらとへびとは、ひとつ餌食《えじき》をねらって、たがいにすきでもうかがうのか、しばらくはにらみあいのていでしたが、やがてどちらがさきともなく、一時に杜子春に飛びかかりました。が、とらのきばにかまれるか、へびの舌《した》にのまれるか、杜子春の命はまたたくうちに、なくなってしまうと思ったとき、とらとへびとは霧《きり》のごとく、夜風とともに消えうせて、あとにはただ、絶壁《ぜっぺき》の松が、さっきのとおりこうこうと枝をならしているばかりなのです。杜子春はにっこりわらいながら、こんどはどんなことが起こるかと、心待ちに待っていました。

すると一じんの風がふきおこって、すみのような黒雲が一面にあたりをとざすやいなや、うすむらさきのいなずまがやにわにやみを二つにさいて、すさまじく雷《らい》がなりだしました。

いや、雷《らい》ばかりではありません。それといっしょにたきのような雨もいきなりどうどうと降りだしたのです。杜子春《とししゅん》はこの天変《てんぺん》の中に、おそれ気もなくすわっていました。風の音、雨のしぶき、それからたえまないいなずまの光、――しばらくはさすがの峨眉山《がびさん》も、くつがえるかと思うくらいでしたが、そのうちに耳をもつんざくほど、大きな雷鳴《らいめい》がとどろいたと思うと、空にうずまいた黒雲の中からまっ赤な一本の火柱《ひばしら》が、杜子春の頭へ落ちかかりました。

杜子春は思わず耳をおさえて、一枚岩の上へひれふしました。が、すぐに目を開いてみると、空はいぜんのとおり晴れわたって、むこうにそびえた山やまの上にも、ちゃわんほどの北斗《ほくと》の星が、やはりきらきらかがやいています。して見ればいまの大あらしも、あのとらや白蛇《はくじゃ》とおなじように、鉄冠子《てっかんし》のるすをつけこんだ、魔性《ましょう》のいたずらにちがいありません。杜子春はようやく安心して、ほっとため息をつきながら、また岩の上にすわりなおしました。

が、そのため息がまだ消えないうちに、こんどは彼のすわっているまえへ、金のよろいを着くだした、身のたけ三丈《さんじょう》もあろうという、おごそかな神将《しんしょう》があらわれました。神将は手に三又《みつまた》のほこを持っていましたが、いきなりそのほこのきっさきを杜子春のむなもとへむけながら、目をいからせてしかりつけるのを聞けば、

「こら、そのほうはいったいなにものだ。この峨眉山《がびさん》という山は、天地開闢《てんちかいびゃく》の昔から、おれがすまいをしているところだぞ。それもはばからずたった一人、ここへ足をふみいれるとは、よもやただの人間ではあるまい。さあ命がおしかったら、一刻《いっこく》もはやく返答《へんとう》しろ。」というのです。

しかし杜子春《とししゅん》は老人のことばどおり、もくねんと口をつぐんでいました。

「返事をしないか。──しないな。よし。しなければ、しないでかってにしろ。そのかわりおれの眷属《けんぞく》たちが、そのほうをずたずたに切ってしまうぞ。」

神将《しんしょう》はほこを高くあげて、むこうの山の空をまねきました。そのとたんにやみがさっとさけると、おどろいたことには無数の神兵《しんぺい》が、雲のごとく空にみちみちて、それがみなやりや刀《かたな》をきらめかせながら、いまにもここへひとなだれにせめようとしているのです。

この景色を見た杜子春は、思わずあっとさけびそうにしましたが、すぐにまた鉄冠子《てっかんし》のことばを思いだしていっしょうけんめいにだまっていました。神将《しんしょう》は彼がおそれないのを見ると、おこったのおこらないのではありません。

「この強情者《ごうじょうもの》め。どうしても返事をしなければ、やくそくどおり命はとってやるぞ。」

神将《しんしょう》はこうわめくがはやいか、三叉《みつまた》のほこをひらめかせて、ひとつきに杜子春をつき殺しました。そうして峨眉山《がびさん》もよどむほど、からからと高くわらいながら、どこともなく消えてしまいました。もちろんこのときはもう無数の神兵《しんぺい》も、ふきわたる夜風の音といっしょに、夢のように消えうせたあとだったのです。

北斗《ほくと》の星はまた寒そうに、一枚岩の上を照らしはじめました。絶壁《ぜっぺき》の松もまえにかわらず、こうこうと枝をならせています。が、杜子春《とししゅん》はとうに息がたえて、あおむけにそこへたおれていました。

五

杜子春の体は岩の上へ、あおむけにたおれていましたが、杜子春のたましいは、しずかに体からぬけだして、地獄《じごく》の底へおりていきました。

この世と地獄とのあいだには、闇穴道《あんけつどう》という道があって、そこは年中くらい空に、氷のような冷たい風がぴゅうぴゅうふきすさんでいるのです。杜子春はその風にふかれながら、しばらくはただ木の葉のように、空をただよっていきましたが、やがて森羅殿《しんらでん》という額《がく》のかかったりっぱな御殿《ごてん》のまえへでました。

御殿《ごてん》のまえにいたおおぜいの鬼《おに》は、杜子春《とししゅん》の姿を見るやいなや、すぐそのまわりをとりまいて、階《きざはし》のまえへひきすえました。階の上には一人の王さまが、まっ黒なきものに金のかんむりをかぶって、いかめしくあたりをにらんでいます。これはかねてうわさに聞いた、閻魔大王《えんまだいおう》にちがいありません。杜子春はどうなることかと思いながらおそるおそるそこへひざまずいていました。

「こら、そのほうはなんのために、峨眉山《がびさん》の上へすわっていた？」

閻魔大王の声は雷《らい》のように、階の上からひびきました。杜子春はさっそくその問いに答えようとしましたが、ふとまた思いだしたのは、「けっして口をきくな。」という、鉄冠子《てっかんし》のいましめのことばです。そこでただ頭《かしら》をたれたまま、おしのようにだまっていました。すると閻魔大王は、持っていた鉄のしゃくをあげて、顔中のひげをさかだてながら、

「そのほうはここをどこだと思う？　すみやかに返事をすればよし、さもなければ時をうつさず、地獄《じごく》の呵責《かしゃく》にあわせてくれるぞ。」と、いたけだかにののしりました。

が、杜子春はあいかわらずくちびる一つ動かしません。それを見た閻魔大王は、すぐに鬼どものほうをむいて、あらあらしくなにかいいつけると、鬼どもは一度にかしこまって、たちま

ち杜子春《とししゅん》をひきたてながら、森羅殿《しんらでん》の空へまいあがりました。

地獄《じごく》にはだれでも知っているとおり、つるぎの山や血《ち》の池のほかにも、焦熱地獄《しょうねつじごく》というほのおの谷や極寒地獄《ごくかんじごく》という氷《こおり》の海が、まっくらな空の下にならんでいます。鬼《おに》どもはそういう地獄の中へ、かわるがわる杜子春をほうりこみました。ですから杜子春はむざんにも、つるぎにむねをつらぬかれるやら、ほのおに顔を焼かれるやら、舌《した》をぬかれるやら皮《かわ》をはがれるやら、鉄のきねにつかれるやら、油のなべににられるやら、毒蛇《どくじゃ》にのうみそをすわれるやら、くまたかに目を食われるやら、――その苦しみを数えたてていては、とうていさいげんがないくらい、あらゆる責苦《せめく》にあわされたのです。それでも杜子春はがまんづよく、じっと歯を食いしばったまま、一言《ひとこと》も口をききませんでした。

これにはさすがの鬼どもも、あきれかえってしまったのでしょう。もう一度夜のような空を飛んで、森羅殿のまえへかえってくると、さっきのとおり杜子春を、階《きざはし》の下にひきすえながら、御殿《ごてん》の上の閻魔大王《えんまだいおう》に、

「この罪人《ざいにん》はどうしても、ものをいう気色《けしき》もございません。」と、口をそろえて言上《ごんじょう》しました。

閻魔大王はまゆをひそめて、しばらく思案《しあん》にくれていましたが、やがてなにか思いついたと

みえて、

「この男の父母は、畜生道《ちくしょうどう》に落ちているはずだから、さっそくここへひきたててこい。」と、一ぴきの鬼《おに》にいいつけました。

鬼はたちまち風に乗って、地獄《じごく》の空へまいあがりました。と思うと、また星が流れるように、二ひきのけものをかりたてながら、さっと森羅殿《しんらでん》のまえへおりてきました。そのけものを見た杜子春《とししゅん》は、おどろいたのおどろかないのではありません。なぜかといえばそれは二ひきとも、形は見すぼらしいやせ馬でしたが、顔は夢にもわすれない、死んだ父母のとおりでしたから。

「こら、そのほうはなんのために、峨眉山《がびさん》の上にすわっていたか、まっすぐにはくじょうしなければ、こんどはそのほうの父母にいたい思いをさせてやるぞ。」

杜子春はこうおどされても返答《へんとう》をせずにいました。

「この不孝者《ふこうもの》めが。そのほうは父母が苦しんでも、そのほうさえつごうがよければいいと思っているのだな。」

閻魔大王《えんまだいおう》は森羅殿もくずれるほど、すさまじい声でわめきました。「打て。鬼ども。その二ひきのちくしょうを、肉も骨も打ちくだいてしまえ。」

鬼《おに》どもはいっせいに「はっ。」と答えながら、鉄のむちをとって立ちあがると、四方八方から二ひきの馬を、みれんみしゃくなく打ちのめしました。むちはりゅうりゅうと風を切って、ところきらわず雨のように、馬の皮肉《ひにく》を打ちやぶるのです。馬は、――ちくしょうになった父母は、苦しそうに身をもだえて、目には血《ち》の涙《なみだ》をうかべたまま、見てもいられないほど、いなきたてました。

「どうだ。まだそのほうははくじょうしないか。」

閻魔大王《えんまだいおう》は鬼どもに、しばらくむちの手をやめさせて、もう一度杜子春《とししゅん》の答えをうながしました。もうそのときには二ひきの馬も、肉はさけ骨はくだけて、息《いき》もたえだえに階《きざはし》のまえへ、たおれふしていたのです。

杜子春はひっしになって、鉄冠子《てっかんし》のことばを思い出しながら、かたく目をつぶっていました。するとそのとき彼の耳には、ほとんど声とはいえないほど、かすかな声がつたわってきました。

「心配はおしでない。わたしたちはどうなっても、おまえさえしあわせになれるのなら、それよりけっこうなことはないのだからね。大王《だいおう》がなんとおっしゃっても、いいたくないことはだまっておいで。」

それはたしかになつかしい、母親の声にちがいありません。杜子春《とししゅん》は思わず、目をあきました。そうして馬の一ぴきが、力なく地上にたおれたまま、かなしそうに彼の顔へじっと目をやっているのを見ました。母親はこんな苦しみのなかにも、むすこの心を思いやって、鬼《おに》どものむちに打たれたことを、うらむ気色《けしき》さえも見せないのです。大金持ちになればおせじをいい、びんぼう人になれば口もきかない世間の人たちにくらべると、なんというありがたいこころざしでしょう。なんというけなげな決心でしょう。杜子春は老人のいましめもわすれて、まろぶようにそのそばへ走りよると、両手に半死の馬の首をかかえて、はらはらと涙を落としながら、「おっかさん。」とひと声をさけびました。

六

その声に気がついてみると、杜子春はやはり夕日をあびて、長安《ちょうあん》の西の門の下に、たたずんでいるのでした。かすんだ空、白い三日月、人や車の波、――すべてがまだ峨眉山《がびさん》へ、いかないまえとおなじことです。

「どうだな。わしの弟子《でし》になったところが、とても仙人《せんにん》にはなれはすまい。」

片目《かため》すがめの老人は微笑《びしょう》をふくみながらいいました。

「なれません。なれませんが、しかしわたしはなれなかったことも、かえってうれしい気がするのです。」

杜子春《とししゅん》はまだ目に涙《なみだ》をうかべたまま、しっかり老人の手をにぎりました。

「いくら仙人《せんにん》になれたところが、わたしはあの地獄《じごく》の森羅殿《しんらでん》のまえに、むちを負《お》っている父母を見ては、だまっているわけにはいきません。」

「もしおまえがだまっていたら――。」と鉄冠子《てっかんし》はきゅうにおごそかな顔になって、じっと杜子春を見つめました。

「もしおまえがだまっていたら、わしはそくざにおまえの命《いのち》をたってしまおうと思っていたのだ。――おまえはもう仙人になりたいというのぞみを持っていまい。大金持ちになることは、もとよりあいそがつきたはずだ。ではおまえはこれからのち、なにになったらよいと思うな。」

「なにになっても、人間らしく、正直に暮《く》らしていくつもりです。」

杜子春の声には、いままでにない、はればれした調子がこもっていました。

「そのことばをわすれるなよ。ではわしはきょうかぎり、二度とおまえにはあわないから。」

鉄冠子《てっかんし》はこういううちに、もう歩きだしていましたが、きゅうにまた足をとめて、杜子春《とししゅん》のほうをふりかえると、
「おお、さいわい、いま思い出したが、おれは終南山《しゅうなんざん》の南のふもとに一軒《けん》の家を持っている。その家を畑ごとおまえにやるから、さっそくいって住まうがいい。いまごろはちょうど家のまわりに、ももの花が、いちめんにさいているだろう。」と、さもゆかいそうにつけくわえました。

（おわり）

附記《ふき》

これは杜子春の名はあっても、名高い杜子春伝《としゅんでん》とはところどころ、だいぶ話がちがっています。㈢のしまいにある七言絶句《しちごんぜっく》は、呂洞賓《りょうどうひん》の詩をもちいました。少年少女《しょうねんしょうじょ》の読者《どくしゃ》諸君《しょくん》には、「ちちんぷいぷいごよのおたから」とおなじように思ってもらいたいのです。

風から来る鶴《つる》

与《よ》田《だ》準《じゅん》一《いち》

風から
来る鶴《つる》、
流れてくる。

むらさき
露玉《つゆだま》、
散《ち》らしてくる。

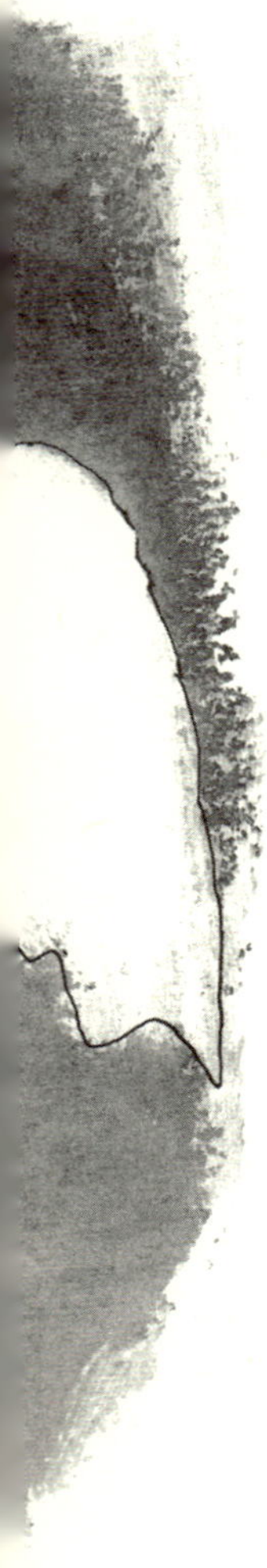

稲田《いなだ》の
穂花《ほばな》に
まみれてくる。

たんころ
田螺《たにし》を
たたきにくる。

通《とお》し矢《や》

森《もり》 銑《せん》三《ぞう》

一

京都《きょうと》の三十三間堂《げんどう》というお寺のうら手で、通《とお》し矢《や》ということが、むかしおこなわれました。通し矢は矢数《やかず》ともいいます。この寺のはしのえんから弓《ゆみ》を射《い》て、お堂《どう》の長さだけを射ぬくのです。三十三間《げん》というから、半町《はんちょう》あまりかと思うと、大まちがいで、このお堂は、二間《けん》を一間（[編注]一間は約一・八メートル）にしてかぞえてあって、じっさいは六十余《よ》間《けん》あるのです。この長さを射ぬくのには一矢《ひとや》でもほねがおれますが、それをきまった時間のあいだに、何本《なんぼん》射《い》通《とお》すことができるかというのが通し矢のこころみでありました。

この通し矢は、いつごろからはじまったのか、はっきりはわかりませんが、今からおよそ三百五十年前の慶長《けいちょう》十一年（西暦一六〇六年）に、尾張《おわり》の浅岡平兵衛《あさおかへいべえ》という人が、五十一本を射《い》通《とお》してから、われもわれもとしてみる人がでたらしく、しだいにさかんにおこなわれ、それにつれて通った矢の数も百、二百、三百とふえ、ついには千をこすようになりました。そして浅《あさ》岡《おか》が五十一本を射《い》た年から五十年の後《のち》には、六千本の上を射る人がでてきました。

通し矢では、前の人の記録《きろく》をやぶって、その上の記録を作った人を、総一《そういち》、あるいは天下一《てんかいち》といって、この上もない名誉《めいよ》としました。ですから弓の達者《たっしゃ》な人たちは、われこそ総一の名をとって天下に名をあげようと、わざをはげんだものでした。

通し矢は、四月か五月かの日の長い時におこなわれました。朝から射はじめて夕方に終わるのを小矢数《こやかず》といい、夕方からはじめて翌日《よくじつ》の夕方に終わるのを大矢数《おおやかず》といいました。射る人は数日前から身をきよめ、当日になると、芝矢《しばや》といって、まずお堂《どう》のそばで練習し、それからいよいよえんにあがって射はじめます。

お堂の北のはしには、高さ八尺《しゃく》ほどのやぐらをかけ、その上に役人が三人ひかえていて、ひ

とりは金銀《きんぎん》の地に日の丸をえがいた扇《おうぎ》をさしまねき、矢がくるたびに、

「きたり、きたり。」

と声をかけます。ほかのふたりは、はじめは白の采配《さいはい》を持っていて、通り矢ごとにそれをふって、矢の通ったしるしとします。四百本目が通ると、その采配を金銀のものにかえ、五百本目になると、白絹《しろぎぬ》の小さなのぼりに「通り矢五百本」とかいたものを、的《まと》のかたわらに立てます。いよいよ千本をこしますと、それをまた赤ののぼりに立てかえます。的はえんがわを通りぬけた北の庭にあって、すなの小山の前に、木綿《もめん》の大幕《おおまく》をはり、それにさしわたし一丈《じょう》ほどの円《えん》がえがいてあるのです。

なお役人《やくにん》は射手《いて》のそばにもついていて、矢をはなつごとに、

「わあァ。」

と、とき〻の声をあげてはげまします。これを送り声といいました。

お堂《どう》の西手のしばふには、南北一町《ちょう》あまりの間に、竹《たけ》の矢来《やらい》をむすび、内にさじきをかけならべ、諸家《しょけ》のさむらいたちが、それに家々の紋《もん》のついた幕《まく》をはり、高ばりぢょうちんを立て、いぎを正して見物するのです。矢がはなされるごとに、これらの見物人たちもいっせいにまた、

「わあァ。」

とわめいて、射手《いて》に元気をつけます。そして五百本ののぼりがでるたびごとに、手をたたいてほめそやすのですが、射手の方でもその時は、お礼《れい》のしるしに、扇子《せんす》だとか、まんじゅうだとかを見物の中へまいたりしました。

休息《きゅうそく》の拍子木《ひょうしぎ》がなりますと、射手も役人たちもひと休みします。その間に、陣笠《じんがさ》をつけ、たすきをかけた矢拾《やひろ》いのものが十人ばかりで、矢を集めてはこに入れ、お堂の表《おもて》がわをまわって、射手のそばへはこびます。

夜は的《まと》近くの庭に、大かがり火をたき、お堂の屋根には、火消役《ひけしやく》のものが、まといを持《も》ってあがっていて、万一の場合にそなえますし、矢をはこぶには弓はりぢょうちんをつけて、

「よいさ、よいさ。」

と、かけ声をかけて走ります。まことにものものしいことでした。

矢数《やかず》が終《お》わり、通り矢がこれまでの総一《そういち》の人よりも多かった場合《ばあい》には、その人が新しい総一となるので、自分の名前に、総矢数《そうやかず》と通り矢の数とをしるした額《がく》をお堂にかかげて、そのことを天下に知らせました。

二

通し矢は年をおってさかんになりましたが、やがて尾張《おわり》の徳川家《とくがわけ》に、星野《ほしの》勘左衛門茂則《かんさえもんしげのり》という、おそろしい強弓《つよゆみ》の人がでました。星野《ほしの》は寛文《かんぶん》二年（西暦一六六二年）四月二十八日に大矢《おおや》数《かず》をこころみて、総矢数《そうやかず》一万百二十五本のうち、通り矢六千六百六十六本をえて総一《そういち》をとりました。ところは三十三間堂、そこで星野は六の字ばかり四けたもならぶ通り矢を射《い》たというので、その名は天下にひびきわたりました。

するとまた紀伊《きい》の徳川家《とくがわけ》に、葛西園右衛門《かさいそのえもん》という弓術家《きゆうじゆつか》がいて、どうかして星野の上にでたいものと一心に練習をつんだあげく、六年後の寛文《かんぶん》八年五月三日に、また大矢数をおこなって、総矢数九千四十二本のうち、通り矢七千七十七という、こんどは七の字ぞろいの数をえて、みごとに総一をとりあげました。

けれども星野はおどろきません。すぐにその翌年《よくねん》、矢数をしなおすことにして、国元《くにもと》で「通り矢八千本」とそめぬいたのぼりを作らせ、それをたてて京都《きようと》にのぼってきました。そして五月一日のくれから大矢数をはじめ、翌日《よくじつ》のおひるごろまでに、総矢数一万五百四十二本を射《い》て、

171　通し矢

のぞみ通り八千本の通り矢をえました。夕方までには間《ま》があるので、まだまだ射《い》れば射られたのですが、一度《ど》に多すぎる点数をとってしまっては、後《のち》の人が自分の上にでることができなくて失望《しつぼう》するだろう、それでは弓術《きゅうじゅつ》のおとろえるもとにもなろうからと、わざと八千本でよしたのでした。

矢数《やかず》が終わると、星野《ほしの》は馬にのって、京都所司代《きょうとしょしだい》や町奉行《まちぶぎょう》へあいさつにまわりました。それがすむとお茶屋《ちゃや》へいって、一晩中《ひとばんじゅう》お酒をのみあかしました。前の日の夕方から弓を射ていながら、少しもつかれたようすがありません。それを見て、京都中の人々が、

「星野勘左衛門《ほしのかんざえもん》こそは日本一のつわものだ。」

と感心しました。

総一《そういち》はまた紀伊《きい》から、尾張《おわり》にとりかえされました。紀伊家の人たちはくやしがりましたが、この星野の上にでるのは、よういなことではありません。ところが十年ばかりたって、紀伊家のさむらいに和佐大八郎《わさだいはちろう》という名人《めいじん》があらわれて、けいこにけいこを重《かさ》ねた上、貞享《じょうきょう》四年の四月十六日に、はれの大矢数をおこなうことにしました。

和佐《わさ》はその時、まだ前髪《まえがみ》立ちの少年でした。しかし生まれついての大兵《たいひょう》で、力あくまで強《つよ》く、

どうあっても星野《ほしの》にうち勝ちたいという、おおしい意気ごみで場にのぼりました。さじきには紀伊家《きいけ》の人々、和佐一門《わさもん》の人々が、かたずをのんでひかえています。ところが射《い》はじめますと、どうしたものか、十本に一本も通りません。見物はいずれも、はらはらしました。これではいけないと思えば思うほど和佐はかたくなって、矢が通りません。

この時、星野勘左衛門《ほしのかんざえもん》は尾張家《おわりけ》のさじきで見物していましたが、和佐《わさ》のいらだつようすを見て、どうかして、このけなげな若《わか》ものに総一《そういち》をゆずり、のぞみをとげさせてやりたいと思ったものですから、

「大八郎《だいはちろう》どの、これへ。」

と声をかけて、和佐を近くへまねきました。

「腕《うで》の調子《ちょうし》がくるうとみえる。わたしが工夫《くふう》して進《しん》ぜよう。」

と、そういった星野は、和佐の左の手をひらかせ、小刀《しょうとう》で手のひらの内《うち》をつきやぶった上、血《ち》をとめさせて、

「これでようござろう。」

といいました。

和佐《わさ》があらためて射《い》はじめますと、調子《ちょうし》はすっかりなおりました。矢の通るかずはだんだんふえてゆき、翌日《よくじつ》の夕方までに総矢数《そうやかず》一万三千五十三本のうち、通り矢八千百三十二本という、りっぱな成績《せいせき》を和佐はあげました。百三十二本だけ星野の上へでて、総一《そういち》をふたたび紀伊家《きいけ》にとりかえしたのです。

けれども和佐《わさ》は、星野《ほしの》よりも時間が長くかかっていますし、矢《や》の数《かず》も二千五百本あまりも余《よ》計《けい》に使《つか》っているのです。じっさいの腕前《うでまえ》は、まだまだ星野の敵《てき》ではありませんでした。星野の方は、ゆったりとかまえて射ますし、かがり火がたかれてからは、休息《きゅうそく》の時にはぐっすりとねこんで、えい気をやしないました。時がたつのに、ねいったりなんぞして、と見物人が気をもむほどでしたが、当人は平気で、十分に休んだ上、むっくり起《お》きあがって射《い》だしますと、矢のいきおいは疾風《しっぷう》のようで、ちゅうとで落《お》ちるものなどはないほどのありさまでした。

和佐の方は矢にいきおいがなく、それに終わりに近づくにつれてつかれてきて、だんだん前の方に、にじりでて射たりしたので、見物の評判《ひょうはん》はあまりよくありませんでした。しかし二十《はた》歳《ち》前の身で、とにかくそれだけの矢数《やかず》をあげたのですから、和佐は和佐として、そのわざをみとめなければなりません。

星野《ほしの》は和佐《わさ》に総一《そういち》をとらせたまま、その後は矢数《やかず》をこころみようともせずに、元禄《げんろく》九年五月六日に亡《な》くなりました。

その後にも通し矢はおこなわれましたが、あらたに総一をとるほどの人はでませんでした。それで通し矢といえば、星野勘左衛門《ほしのかんざえもん》と和佐大八郎《わさだいはちろう》とが、最高の記録をもつ人として、今日までもその名をのこしています。

今でも三十三間堂《けんどう》のお堂の正面には、このふたりの弓の名人のあげた絵の額《がく》がならんでいます。総矢数《そうやかず》も通り矢の数もかいてあります。みなさんがもし三十三間堂へおゆきでしたら、たくさんならんでおいでの仏《ほとけ》さまのほかに、この額もわすれないで見てください。

（おわり）

少《しょう》年《ねん》駅《えき》夫《ふ》

鈴《すず》木《き》三《み》重《え》吉《きち》

一

スウェーデンの冬は、それはきびしい寒さで、わたしのような外国人が、首府《しゅふ》のストックホルムより北へ旅行するなどということは、めったにありません。ストックホルムの八百マイル北《ほっ》方《ぽう》までには、ボスニア湾《わん》にそった、谷間の平地に、村らしい村がないのでもありませんが、それからさきはノルランドという、いったいの広野で、もうくだものの木なぞは一本もなく、作物といえば、ただわずかばかりのおおむぎとジャガイモが作れるばかりです。そのすこしおくへいくと、かつて人間が足をふみいれたことのない大深林《ママ》や、いちめんにこおりついた湖水や、雪と氷とにおおわれた、高い山脈《さんみゃく》だけがつづいているのです。生命をもって動いているものといえば、くまとおおかみと、野生のとなかいのむれのほかにはなにものもおりません。こんな広野《こうや》の中に住む人間が、みなさんにくらべて、どんなに、よりしんぼうづよく、より働きずきにできあがっていなければならないかを、ためしに想像《そうぞう》してごらんなさい。

わたしは、ある用事で、こういうノルランドの真冬を旅行してきました。この土地へはいると、寒暖計《かんだんけい》はたちまち零度《れいど》にくだり、どんどん、零下《れいか》十度、二十度、しまいには、三十度いじょうにもなってきます。でも、からだは、あついあつい毛皮《けがわ》で、頭のさきから足のさきまでくるみ、顔も、ほとんど目ばかり出しているだけですから、それほどの寒さもかくべつ苦痛《くつう》でもありませんでした。

乗りものは、むろんそりだけです。冬中は沼《ぬま》も河《かわ》もかたくこおりついており、その上を、となかいや馬が、そりをひいてどんどん走りわたるので、雪のないときに馬の背中をかりて、遠まわりをして歩くよりも、よほどべんりです。とちゅうには、すべての旅行者のために政府《せいふ》の手で十マイル、または二十マイルおきの村むらに駅舎《えきしゃ》がたてられています。その駅舎駅舎にいく頭ずつかの馬と、たまに、いく台かのそりがそなえてあります。しかし、旅行者はたいてい、めいめい、じぶんじぶんのそりをもっていて、ただ馬だけを駅で借りて、つぎからつぎへとわたっていくのです。駅の番人がいないばあいには、あたりの農民《のうみん》が馬へくらをおいてくれます。そしてやはり農民や、または、農家《のうか》の男の子がいっしょにそりに乗ってきて、つぎの駅でもとの馬をひいてかえってくれるわけです。これを駅夫《えきふ》とよんでいます。

この地方の住民たちは、きらきらした黄色い髪《かみ》とすきとおるような、青い目と、おどろくばかりに白い、きれいな歯をもった、見るからに強健《きょうけん》な人種でいずれも、寒気をふせぐために窓《まど》と戸口とを二重につけた、木造《もくぞう》の小屋に住まっています。われわれから見れば、かんそというよりいじょうに、むしろいたいたしいくらい、物の不自由な生活なのですが、でも、みんなは、それでもって、すっかりまんぞくしていて、なんのくったくもないさまに、平和にみちてくらしています。冬中はそとの仕事がないので、みんなでひと間《ま》のたき火に集まり、女たちは糸をつむぎ機《はた》をおり、男たちは農具《のうぐ》をつくろったりしています。人間としては、まったく、このうえもなく、うぶなもので、わたしたちのような、ほんのとおりいっぺんの旅行者にたいしてもそれこそ親身《しんみ》のように親切をつくしてくれます。おそらく世界中に、こんなにじゅんじょうな人種はまたといないだろうと思うほどです。

二

ノルランドの旅行というと、いつもまっさきに、わたしの頭にうかぶのはあるかわいい一人の少年駅夫《しょうねんえきふ》と、その子といっしょにくぐった雪中の暗夜《あんや》の冒険《ぼうけん》です。

ある晩《ばん》、そりに乗ってある村道を通っていきますと、ひょっこりと北の空に、とてもすばらしい極光《きょくこう》（オーロラ）編注がでてきました。びっくりするほど、きらきらした、赤と青とのいくすじものするどい光の流れが、そっちこっちから、空いっぱいにふきあがり、それがおたがいに、ひじょうな速度《そくど》でおっかけあっては地平線へおりおりするので、その壮観《そうかん》はとてもことばでいいあらわすことはできません。いっしょに乗っている駅夫《えきふ》は、それをあおいで、

「ほう、大雪嵐《おおゆきあらし》がくるな。こんな光がたつと、あくる日は、きっと大嵐《おおあらし》だ。」といいました。

その晩《ばん》、予定の村にとまって、あくる朝おきでてみますと、空はすっかり黒ずんだ雲でおもたくおおわれています。この地方では、日中というものがひじょうに短いのですが、きょうは、日中も、われわれの夕方どきのような、うすぐらさでした。しかし寒気《かんき》はそうひどくもないの

で、わたしは、またそりに乗って、いそぎました。そこからさきは、また平野つづきで、村といっても家はいくらもないような、さびしいところです。

わたしは、この平野をよこぎって、むこうのウメアという村にとまるつごうにしていました。ところが、午後ウメアのひとつてまえの駅舎《えきしゃ》までできますと、二頭しかない馬が、二人づれの材《ざい》木商《もくしょう》の旅客《りょきゃく》に借りられたそうで、わたしは、夜七時まで、むなしくそこで待っていました。ところが馬はまだかえってきません。わたしは気がせくので、そこいらの農家《のうか》をさがしてまわり、ようやく一頭の馬を見つけだしました。

駅の番人は材木屋《ざいもくや》といっしょに乗っていったそうで、かみさんがでてきて、わたしの馬にかいばをくれました。ここからウメアまではまだ二十マイルもあるのです。もうとちゅうには、食事をするところもないので、ぜひここで晩飯《ばんめし》を食べてでなくてはなりません。それで、番人のかみさんにたのみますと、かみさんは、こころよく、家へつれていき、火のそばにすわらせて、おいしいコーヒーと、ジャガイモと、となかいの肉のやいたのをだしてくれました。その家は、大きな黒い森のそばにたっているのでした。食事をしていると、きゅうにうしろのその森の中で、ごおうごおうと、北風が木ぎをゆすってうなりはじめました。かみさんは、

「おやおや、ひどい風がでましたね。わるい晩《ばん》ですこと。これじゃうちの人は、たぶん、ウメアにとまってあしたの朝でなければかえりますまい。むこうへおつきになったら、きっと駅舎《えきしゃ》にいますでしょう。かわりにラルスをつけておあげします。ラルスはあすの朝、うちの人といっしょにかえればいいんです。」といいます。

「ラルスというのはだれです。」と聞きかえしますと、

「手まえどもの子どもですよ。あいにく近所にも、だれもおともをするものがいませんので……。ラルスはいま馬のくらづけをしております。」とかみさんは答えました。

と、ちょうど、それとどうじに戸口があいて、十二ばかりの小さな男の子がはいって来ました。きぬのたばのようになった金色の髪《かみ》のまき毛を、顔のうしろにふさふさとかぶった、ほほのまっ赤な円《まる》い青いきれいな目をしたかわいい子どもです。わたしはかみさんが、こんな嵐《あらし》の晩《ばん》に、こんな小さな子どもをよくへいきでだすものだとおどろきました。

「ラルス、ここへおいで。」と、わたしは、その子の手をとり、

「おまえ、こんな晩にでていくのは、こわいだろう?」と聞きました。子どもは、きょとんと目を見はって、ほほえんでいます。かみさんはにこにこわらって、

「なに、この子どもだってだいじょうぶおともをします。嵐《あらし》がつよくさえならなければ、十一時ごろまでにはウメアにおつきになれますよ。」と、わたしが、この子でまにあうかどうかとうたがいでもしたようにべんかいするのです。わたしは、どうも嵐がごうごうなるのが心配でたまりませんでした。思いきって予定をかえて、今晩《こんばん》はこの村へとまろうかと考えかけました。しかしラルスはへいきで、もうどんどんひつじの毛皮《けがわ》のがいとうを着《き》、毛皮のとりうちぼうしの両側《りょうがわ》のたれをおろしてあごにくくり、あつい毛おりのえりまきを、目ばかりのこして顔中にまきつけます。母親はストーブの上にかわかしてある、うさぎの毛皮のあつい手ぶくろをとってわたしました。ラルスは、すばやくそれをはめて、短い、なめし皮のむちをとりあげて、わたしを待っています。

わたしはがいとうの上へ、さらに毛皮をかぶって、ラルスといっしょに戸外《こがい》へでました。そとには、いつのまにか雪がふりしきっています。はげしい風といっしょに雪片《せっぺん》がぴゅうぴゅうと、よこなぐりにふきつけてはりのようにするどく顔にあたります。ラルスは手ばやく、やわらかいほし草をどっさり、そりの中へつめこみ、わたしのあとから、その中へとび乗りました。二人はきゅうくつにおしおしにすわり、ひざから腰《こし》へかけてとなかいの毛皮を、ぐいぐいおしこみました。母親は戸口に立って見ています。そこからもれるあかりで、わずかに、そりや馬も見えていたのですが、ラルスがむちをならし、馬が歩きだし、母親が戸口をしめるとどうじに、きゅうに目のまえがまっくらになってしまいました。雪はぴゅうぴゅうふきつけます。ラルスはそのくらがりの中でも道がわかるとみえて、ごうごうぴゅうぴゅうとうなりをたてる左右の森の音の中を、さくさくと、馬をみちびきます。

「ふいっ、左だ。よし。このまま、まっすぐに……。ほいほい歩け、アキセル。」と、ラルスは、たえず元気に馬へ話しかけます。

「もっと道のまんなかを歩けよ。アキセル。ほらほらまた左へよりすぎる。ようしよし。ほら、足の下がたいらになった。すこし走れよ。ふいっ。」

三

こうしてわたしもかくべつ不安もなしに、林をくだり、丘《おか》をあがり、またおりてはあがりして、走りました。そのあいだものの十分二十分とたつあいだが、それは長いながい時間のように思われました。ラルスは、馬とお話をしないときには、なんだか、わけのわからない小歌《こうた》をうたったり、讃美歌《さんびか》の節《ふし》をきれぎれに、うううううたったりします。そのうちに、わたしはからだじゅうが、みしみし寒くなってきました。ラルスも手ぶくろの中の手がひどく冷《つめ》たくなったとみえて、たづなをわたしにわたし、血の循行《じゅんこう》をうながすために、手をぶるぶるふったり、手のさきをたたきあわせたりしつづけました。もう、歌もうたいません。しかし、ちっともいやがったり、いくてを苦《く》にしていたりするのではありません。

「もうだいぶ来たね、おい。」と、十分おきぐらいに、わたしがこういいいいするたびに、

「まだまだ。」と、元気よく答えこたえします。

そのうちに風が、なおひどくつよくなりました。ごうごう、ぴゅうぴゅうと森の木がうなりつづけます。

「おお、ここか、わかった。もう、あと一マイルですよ。」と、ラルスは、やがて、わたしをいきおいづけるようにこういいました。しかし、その一マイルというのはスウェーデンの一マイルで、われわれの七マイルなのですから、まだまだたいへんです。

そのうちにラルスは、ひょいと馬をとめて、くらがりの中を、じろじろと、すかし見ています。わたしには、八方《はっぽう》まっくらでなんにも見えはしません。

「どうした?」と、わたしは聞きました。

「いま長い丘《おか》をおりたところです。ここからさきは、ふきっさらしで、雪がうんと、街道《かいどう》へふきたまるんです。今夜、雪かきがでてくれなかったら、むこうのほうは道がなくなるんですが。」と、いいいい考えこんでいます。この地方では、ふぶきで道がうずまると、農民《のうみん》たちは、牛や馬にすきをつけて旅人のために総出《そうで》で、野原の中の道をかきわけて、でかけでかけするのです。

「ふいっ、歩け、アキセル。」

まもなくラルスはこういってむちをならしました。それからやく三十分ぐらいのあいだ、馬は、ふかいふかい雪の中を、ざくりざくりと、それは、のろっくさく、苦しそうに歩きました。と、まもなく、馬は、もう動けなくなったか、のそりと立ちどまって、ふうふう息をついています。ラルスは立ちあがって、くらがりの中をのぞきこみました。

「ふ、へんな森のそばへ来たな。」といいます。そして、

「ふいっ。」とむちでアキセルをたたきました。馬は、よろけながけ五足《いつあし》六足《むあし》歩きましたが、また、ひょこりと立ちどまりました。

「おい、道からはぐれたのじゃない？」

「ええ。」

「じゃあおりて、さがそうよ。」

「だめ。ここいらへおりれば、わたしの腰《こし》のとこまで雪の中へうまるんです。ほう、おっそろしいふきだまりだ。まってください。ここんところをうまく通りぬけなけりゃ。ふいっ、歩け、アキセル。」

馬は、五、六分間ぐさりぐさりと雪だまりをくぐってやっと、雪のあさいところへでました。ところが、そこは、雪の下が、かちかちのかたい道ではないらしく、下のほうが、でこぼこした木の根やいばらのかたまりなぞがあるような感じです。

「ほうっ。」と、ラルスは馬をとめて、そりからとびだしました。そして、みしりみしりと雪の中を歩いて道をさがしているようです。

わたしは、はんたいのがわへおりたちました。

「おいラルス、ここは森のはずれだね。」と、わたしは、そばに大きな木がずらりと立ちならんでいるのを感じてこういいいい、五、六歩前方へ歩きだしますと、きゅうに、ずぼりと、ひざの上まで雪の中へうまりこみました。

「おお、いけない。ふう。」とわたしは思わずこうさけんで、やっと足をひきぬいて、ひきかえしました。

「ラルス、とんでもないところへ来てしまったね。通りぬけられるかね、この雪の中が。」と、ひどく不安になって、こういいかけますとラルスは、

「はあい。」と、遠くのほうから、とんちんかんな返事をして、ざくりざくりとかえってきました。

「道がわかりさえすれば、そっちへひきかえすんだけれど、わからないや、朝までここにじっとしてるんだね。あっは。」と、ラルスはわらいわらい手さきをふっています。

「おい、じょうだんじゃないぜ。こんなところにまごまごしていれば、一時間もたたないうちにこごえ死んでしまうぞ。」

わたしは、すこしむっとしてこういいました。もうからだは骨のまんなかまでひえきっています。それに風にぴゅうぴゅうたれどおしですから、そのつかれのために、なんだか眠《ねむ》いような気持です。もしこのまま雪の上に寝《ね》たおれでもしようものなら、たちまちこごえ死んでし

まうのです。

「どうするラルス。」

「ううん、だいじょうぶよ。ノルランドの人間はこごえなんかしやしない。わたしは去年の冬は、おとなの人といっしょに山の中へくまをうちにいって、四晩《よばん》も五晩も、雪の中へ寝《ね》たけれど、へいきだった。わたしがちゃんとよくするから、さわがないでね。いつかうちの父さんがストックホルムから来たお客さまについていって、やっぱり、こんなふうに夜、雪嵐《ゆきあらし》の中で道がわからなくなったことがあるの。そのとき父さんがしたとおりを、これからすればいいんです。」とおちつきはらって、こういいます。

「つまりどうするんだ。」

と、わたしは、息づまるような雪風に顔をそむけながらいいました。

「だいいちばんに、アキセルをはなして木の下へつなぐんです。てつだってね。」とラルスは、馬のくらをとりはずしにかかりました。わたしも手だすけをしましたがこういうくらがりの中で、雪にしめりぬれたかわひもなぞを、いちいちはずしてくらをときおろすのは、なかなかよういなことではありません。やっと、それがすみますと、ラルスは馬をはずしてそばのもみの木のところへつれていき、枝《えだ》の下へいれこんでつなぎ、そりの中からとなかいの毛皮を一枚もちだして、馬の背中へかけました。それから、ほし草をひとかかえ持ってきてあてがいました。馬はまんぞくそうに、もぐもぐと食べはじめました。ノルランドの馬は、こんな寒気《かんき》の中でもこごえないようになれきっているのです。

ラルスはそのつぎには、そりの中のほし草を、たいらにならして底へしき、そりの上へ、ありたけの毛皮《けがわ》を、風にふきとばされないように、しっかりと、ほうぼうをくくりとめて、すきまのないようにぎっしりかけならべました。

ラルスはその、いっぽうのはしを、めくりあげて、

「はい、がいとうをぬいで、ここからおはいりなさい。中へしいて、その下へもぐりこむんです。」

わたしは命じられるままにがいとうをとりました。そのときには、ぶるぶるっと、からだじゅうがちぢみあがるほど寒かったのですが、そりの中へもぐって、その毛皮のがいとうの下へはいると、すっかり雪嵐《ゆきあらし》からのがれて、ほっとした気持になりました。

「ここを、めくって。」というので、すわったまま、はすかいに手をのばして上の毛皮を持ちあ

げますと、ラルスはおなじくがいとうをぬいで、わたしのそばへ、しき、「ほいしょう。」といってもぐりこみました。ラルスは、それから、いま二人のはいった毛皮《けがわ》のふちを、しっかりと、くくりつけ、四方のふちふちへほし草をもりあげて、風がすこしもはいらないように、せきとめました。それがすむと、

「さ、はやくくつをぬいで、えりまきもとって、それから上着も、どう着《ぎ》も、ズボンも、すっかりボタンをはずして着物を、からだじゅう、どこへもかたく、くっついているところがないように、ゆるくして。」といいます。

「できた？　それじゃよこにお寝《ね》なさい。二人で、ぴったりくっついて寝るんです。ほら、あったかいでしょう？」

それこそまったく身うごきをする余地《よち》もないほどきゅうくつはきゅうくつですが、しばらくじいっとしていると、まるであたりまえのねどこへでもはいったように、ほかほかとあったかで、雪嵐《ゆきあらし》の野原の中にいるということも、わすれてしまいそうです。それに、ふしぎなことには、二人の息がつまらないように、ひつようなだけの空気が、どこからか知らずしらずはいってくるものとみえて、毛皮を頭からひっかぶっていても、ちっとも息ぐるしくはありません。

sho

「なるほど、うまい考えもあるものだ。」と、わたしはひとりでに口にだしていいました。

「だまって寝《ね》ましょうよね。」と、ラルスは、あべこべにわたしをせいしながら、もう、すやすやと寝息《ねいき》になってしまいました。わたしもそれから、ものの五分とたたないうちにぴゅうぴゅうという雪嵐《ゆきあらし》の音を、夢《ゆめ》の中でのように聞きながらぐっすり寝いってしまいました。

四

あとで思うと、なんだか、二人は、眠《ねむ》っていて、一、二度むにゃむにゃと話をしあったような気もしますが、それはぜんぜん気のせいでしょう。ともかく、そのまま、夜どおし、ぐっすりと寝たのです。わたしはいまでもこのときのことを思うと、よこになったわたしの鼻のまえに、子どもくさい、ぽかぽかした、ラルスの頭の毛があり、ラルスの足さきが、もくもくとわたしのひざの上に乗っているのをまざまざと感じえられます。

こうして、眠りつづけたわたしは、最後《さいご》に、なんだかかたのあたりが、つかえるような、こわばった気持を、うとうととたたえながら、でも半分はやっぱり眠っているうちに、ひょいと、冷たい風がすうっと顔にあたったので、びっくりして目をさましました。

見ると、ラルスがりょうひじをついて、毛皮《けがわ》をすこしばかりめくって、外を見ています。

「いま六時ごろでしょうよ。空はすっかりはれています。大きな星が一つ見える。もう一時間もしたら、でかけられますね。」

ラルスは、さっきから二人で話していたつづきのようにこういいます。わたしは、よく眠《ねむ》ったので、すっかりつかれもとれて、子どもにでもなったように、すがすがしたいい気持でした。

「おい、もう起きて、いこうよ。」と、わたしは元気にみちて、こういいますと、ラルスは、首をふって、毛皮をとざしました。

「いくといったって、とても道がわかりはしません。」

「一時間たつとわかるのかい?」

「だれかが通りますから。」

こういってる瞬間《しゅんかん》に、アキセルが、ヒヒヒンと、たかくなきました。

「ほ、馬が来たな。」と、ラルスははねおきました。

「はやく着物をなおして、くつをおはきなさい。来たきたきた。」と、いうので、わたしはなんのことかわからないなりに、いそいで身じたくをしました。

そうしているうちに、遠くのほうで、人のさけび声やすずの音が聞こえてきました。農民《のうみん》の一隊《いったい》がうもれた道の雪かきに来たのだというのです。二人はアキセルをひきだしてくらをおいてそりをつけました。そして、人声のする方角へ、ざくりざくりと馬をすすめました。するとまもなく、夜明けま近の、うすぐらい雪づもりの中に、人と馬との姿《すがた》が黒く見えてきました。二頭だての馬が六組《むくみ》、雪かき道具をひいて動いているのです。それはちょうど船のへ、さきのようにさきがとがり、はばが十フィートから十二フィートある、木を組みたてたわくのようなしかけのものです。これをぐいぐいひいていくと、雪がかきわけられ、はねのけられて、かたく氷のかたまった道路がでてくるのです。

その一隊《いったい》がとおりすぎたあとを、わたしたちは、らくらくとそりをかって、ゆかいに行進しました。ラルスは小鳥のように、にこにこと口ぶえをふきます。こうして一時間とすこしで、ことなく、ウメアの駅舎《えきしゃ》につきました。

そこには、ラルスの父親がいました。もうすぐ、でかけるつもりで、馬にのるばかりにしていたのですが、ラルスが来たのを見て、わらってむかえ、わたしたちからゆうべのすべてのことを聞いたのち、ラルスの頭へ手をおいて、わたしたちを食事につれていきました。

食事が終えると、わたしは二人に、かたくかたくあくしゅをして、ほかの馬にひかれてラプランド地方へむかってたってていきました。

それから数週間ののち、ストックホルムへかえるとちゅうで、ふたたびラルスの父親の駅舎《えきしゃ》につきました。その日は天気も晴ればれした、いい日でした。父親は、つぎの駅舎《えきしゃ》まで、自分でついていこうとしましたが、わたしは、たのんで、ラルスを借りてたちました。そして三時間ばかり、ゆかいに話しながら走ったのち、二人はいくども、さようならをして、永久《えいきゅう》にわかれたのです。

ラルスは、たった十二の子どもであり、わたしはいうまでもなくおとなです。しかも、わたしは、ほとんど世界中を、めぐってきている人間、ラルスは、じぶんの村から、上下《かみしも》二つの駅《えき》舎《しゃ》のあいだをしか、見たことのない子です。

それにもかかわらず、わたしは、ラルスからは、まったくいろいろのとうとい教訓《きょうくん》をえました。

もっともっとラルスといっしょにいたら、まだまだ多くの感動をうけとったにちがいありません。

（おわり）

かいせつ　＝先生、ご両親へ＝

児童文芸雑誌《じどうぶんげいざっし》「赤い鳥」では、童話《どうわ》、童話劇《どうわげき》、童謡《どうよう》とおなじように、伝記、実話、民話、そのほか科学、歴史、地理などの作品も、苦心の文章表現をもって、掲載《けいさい》をつづけました。また、今日の作文の先駆《せんく》をなした、鈴木三重吉《すずきみえきち》選指導《せんしどう》の生活綴方《つづりかた》と、北原白秋《きたはらはくしゅう》選指導になる児童の自由詩と、山本鼎《やまもとかなえ》選指導による児童の自由画、それから、深沢省三《ふかざわしょうぞう》選による児童作の絵ばなしにも力をそそぎました。

これは、教育界にとって、強い刺激《しげき》となりましたし、また、子どもたちの生活感情の記《き》述《じゅつ》の開放は、子どもたちのための自由な表現の確立とつよく関係づけられて発展していきました。「赤い鳥」は、芸術と学校教育の広範《こうはん》な領域《りょういき》を開拓《かいたく》したのです。それまでの児童雑誌が、たんに子どもの娯楽《ごらく》と感情消耗《しょうもう》の読物として、子どもたちにだけゆだねられて、大人たちにかえりみられないでいるのにくらべて、「赤い鳥」は、作家、教育者、そして、家庭の両親、この三者を、子どもたちを中心にして、ひとつの場にむすびつけたのでした。

「赤い鳥」が児童文化の創造に大きな寄与《きよ》をしたこと、「赤い鳥」の芸術運動に賛同し、協力した文学者、画家、音楽家、そのほか経営や編集などについては、「赤い鳥一年生」から「五年生」までの「かいせつ」で、あらましを記しました。ここでは、歴史、科学などの読物の執筆《しっぴつ》に参加したかたたちをあげてみましょう。

「歴史話」には、主宰者《しゅさいしゃ》鈴木三重吉、菊池《きくち》寛《かん》、森銑三《もりせんぞう》そのほか数名のかたが名をつらねています。「科学読物」「地理読物」には、内田亨《うちだとおる》、田中薫《たなかかおる》、宇田道隆《うだみちたか》、水野《みずの》静雄《しずお》、瀬沼孝一《せぬまこういち》、大関竹三郎《おおぜきたけさぶろう》など四十名ほどのかたが寄稿《きこう》しています。「実話」では、三重吉はじめ、上司《かみつかさ》小剣《しょうけん》など。終刊近くに坪田《つぼた》譲治《じょうじ》が「ペルーの話」を連載《れんさい》しています。

「伝記」では、三重吉、森銑三その他。「民話」では、矢川譲《やがわゆずる》など十数名の名があります。

このほか、「赤い鳥」では「考古学」「手工《しゅこう》」「遊戯《ゆうぎ》」「算術《さんじゅつ》」の話も掲載《けいさい》されています。

さて、この本のなかの「ちゃわんの湯」は、科学話。執筆《しっぴつ》の寺田《てらだ》寅彦《とらひこ》は物理学の権威《けんい》。夏目《なつめ》漱石《そうせき》門で吉村冬彦《よしむらふゆひこ》、藪柑子《やぶこうじ》の筆名をもちい随筆家《ずいひつか》、俳人《はいじん》としても高名。この話は、八《はち》條年也《じょうとしや》の名で大正十一年（一九二二）五月号に発表したものです。「通し矢」の森銑三は、童話作家森三郎《もりさぶろう》の令兄。「赤い鳥」には九編《へん》ほど寄稿《きこう》されています。これは、昭和二年（一九二七）七月号に寄せられた作品です。

北原白秋《きたはらはくしゅう》の「からたちの花」は、ごぞんじのとおり、もっともよくうたわれている童謡の一つで大正十三年（一九二四）七月号に発表。「赤い鳥」に寄せた作品は童謡三二九編、詩一編というおどろくべき数にのぼります。

白秋選による「小松姫松《こまつひめまつ》」の福井研介《ふくいけんすけ》は、東京外国語大学を卒業、ロシア児童文学の翻訳紹介《ほんやくしょうかい》に力をつくし、この本の編纂者《へんさんしゃ》のひとり「風から来る鶴《つる》」の与田準一《よだじゅんいち》とともに「赤い鳥の会」の世話人で赤い鳥文学賞選考委員。「ランプのほやには」の柴野民三《しばのたみぞう》も「赤い鳥」から巣立《すだ》って童謡、童話作家となり、赤い鳥文学賞選考委員のひとりでした。「北へ行く汽車」の周郷博《すごうひろし》は、お茶の水女子大学の教授《きょうじゅ》を長く務め、「くらら咲《さ》くころ」の多胡羊歯《たこしだ》、「夜店」の有賀連《ありがれん》も「赤い鳥」出身の童謡詩人です。「生きた切符《きっぷ》」の水木京太《みずききょうた》や、「黒い人と赤いそり」の小川未明《おがわみめい》、「実《みのる》さんの胡弓《こきゅう》」の佐藤春夫《さとうはるお》、「少年と海」の加能作次郎《かのうさくじろう》、「杜子春《とししゅん》」の芥川龍之介《あくたがわりゅうのすけ》は、紹介《しょうかい》するまでもなく、そのころすでに高名な文壇作家《ぶんだんさっか》でした。

「かっぱの話」は、この本の編纂者《へんさんしゃ》のひとり坪田譲治《つぼたじょうじ》が初めて「赤い鳥」に発表した思い出ある童話。以後終刊まで毎月寄稿《きこう》をつづけました。「沈《しず》んだ鐘《かね》」の吉田絃二郎《よしだげんじろう》、「生きた絵の話」の下村千秋《しもむらちあき》も後期まで協力をおしみませんでした。「Q《キュー》」の平塚武二《ひらつかたけじ》と、「くまと車掌《しゃしょう》」の木内高音《きうちたかね》は、「赤い鳥」の編集に参加して三重吉を助けた童話作家でした。

「少年駅夫《しょうねんえきふ》」の三重吉は、「赤い鳥」の主宰《しゅさい》として、創刊以来、純創作は二編ほどですが、海外諸作品の再話、日本の古典《こてん》（古事記《こじき》）の再話など、短編、長編（連載《れんさい》）合わせて百四十四編を発表しています。また、編集のつごうで友人の名前を用いたり、変名を使ったりした作品もあります。復刊以後は、知名作家の寄稿《きこう》が衰《おとろ》えたので、村山吉雄《むらやまよしお》、松江《まつえ》まみ子、四宮健一《よんのみやけんいち》その他の筆名で執筆《しっぴつ》、誌面をととのえているので、総作品数は、はかりきれません。連載《れんさい》再話「ルミイ」（未完）は、面会謝絶《めんかいしゃぜつ》の身なのに、病没《びょうぼつ》される前日まで、蒲団《ふとん》の上に机《つくえ》を置き、やせ衰《おとろ》えた手からペンをはなさなかったといわれます。「赤い鳥」の児童文化創造におよぼした大きな功績《こうせき》は、三重吉の文字通りの彫心鏤骨《ちょうしんるこつ》の苦心のうえに築きあげられたのです。

（編者）

付記・本巻では、読者対象を考慮し、現代かなづかいをもちい、漢字の使用も制限しました。また、本文には、今日では使用を控えている表記もありますが、作品の歴史的、文学的価値、書かれた時代背景を考慮し、原文どおりとしました。

赤い鳥の会
代　表・坪田譲治／与田準一／鈴木珊吉
編　集・柴野民三／清水たみ子
1980年2月

本巻収載作品の作者で、ご連絡先の不明な方がおられます。

ご関係者の方で本巻をお読みになり、お気づきになられましたら、小社までご連絡を頂きたく、お願い申し上げます。

◇新装版学年別赤い鳥◇

赤い鳥6年生

2008年3月23日　新装版第1刷発行

編　者・赤い鳥の会
発行者・小峰紀雄
発行所・株式会社小峰書店
〒162-0066 東京都新宿区市谷台町4-15
TEL 03-3357-3521　FAX 03-3357-1027
組　版・株式会社タイプアンドたいぽ
本文印刷・株式会社厚徳社
表紙印刷・株式会社三秀舎
製　本・小高製本工業株式会社

NDC918 199p 22cm

ISBN978-4-338-23206-7　落丁・乱丁本はおとりかえいたします。
http://www.komineshoten.co.jp/